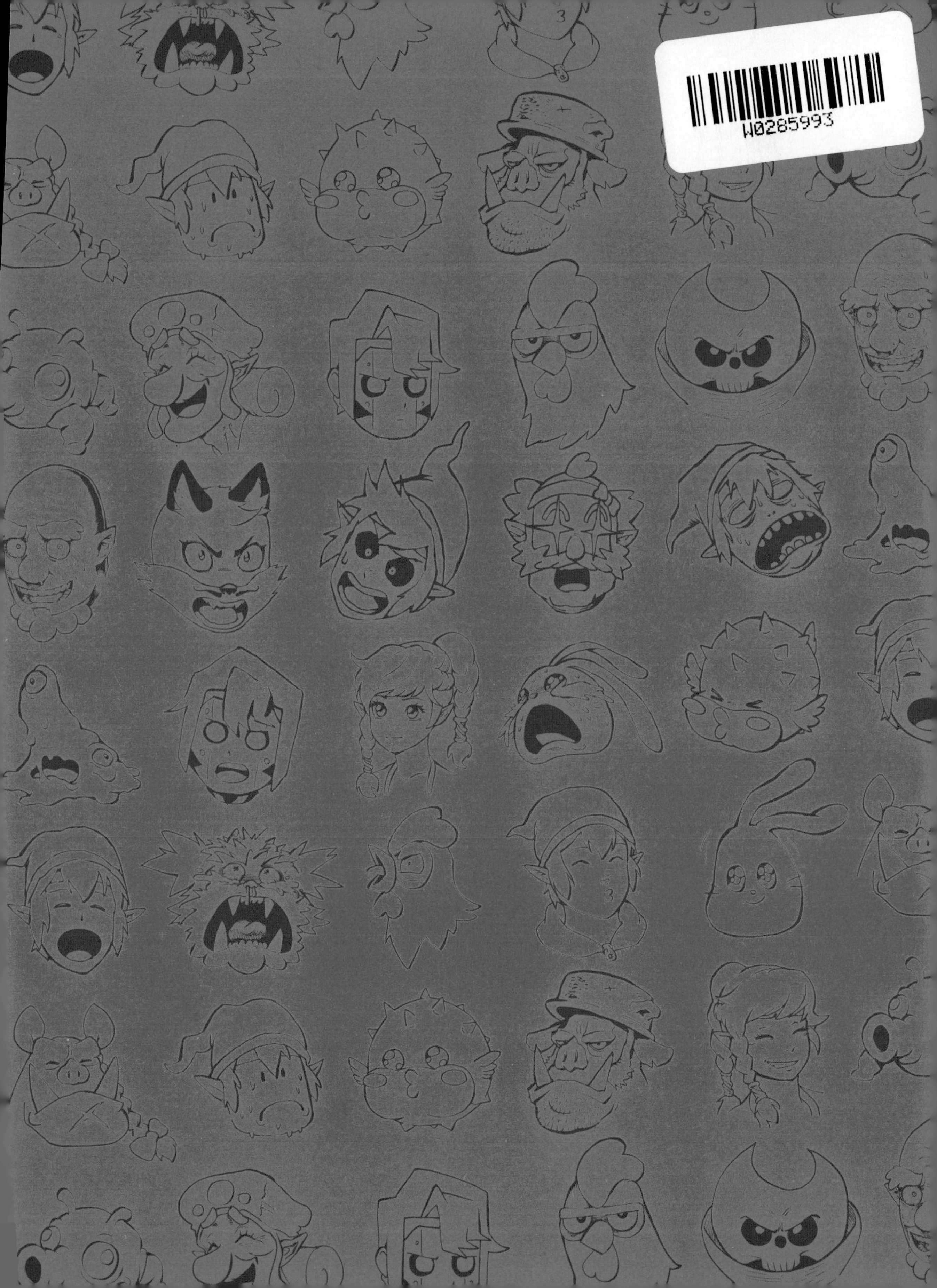

GermanLetsPlay
und der Traum des Dämons

Community EDITIONS

Was zum ...?
Guten Tag, Frau Schmidt.
Was war denn hier los?
Er hat wieder zugeschlagen.
Der mysteriöse Maskierte, der seit ein paar Monaten die Gegend terrorisiert. Er wird immer dreister!

Dieses Mal ist es für mich sogar persönlich. Drei meiner unschuldigen Gartenzwerge ...
Entschuldigung. Es ist noch zu früh für mich, darüber zu sprechen.
Das tut mir leid, Frau Schmidt.
Und weiß man schon mehr über den Maskierten?
SCHNIEF!
Er wurde wieder deutlich gesehen. Er trägt einen schwarz-blau-gestreiften Kapuzenpulli und Jeans.
Genau wie Sie, Manuel.
Und auch, wenn die Frage vielleicht komisch klingt ... aber könnte ich es gewesen sein?
Haha!
Niemals! Er trägt doch eine Maske! Sie nicht!
Nie im Leben würden Sie Ihr bezauberndes Gesicht verstecken!

Hmm ...
Was soll der Scheiß, Robo?
Willst du, dass sie uns verhaften? Wegsperren?
Führst du wieder Selbstgespräche? Creepy!

Du warst vielleicht mal meine Idee ...
Aber du hast dich so krass verselbstständigt, dass ich gar nichts mehr von mir in dir erkenne, Robo-GLP.
Das wär's ja auch noch.
Ich bin in jeder Hinsicht das Upgrade.
Sieh das doch endlich ein und gib auf. Überlass mir unseren gemeinsamen Körper 24/7 und du hast's hinter dir.
Das lasse ich niemals zu.
Die ein, zwei Stunden am Tag, die ich die Kontrolle an dich verliere, sind schon zu viel.
Mit wem redet der Mann?
Schnell weiter, Schatz.
In diesen Beuteln trage ich deinen Untergang! Harhar!
Okay, alles bereit.

Das zieh ich als GermanLetsPlay durch!
FWIT!

Versuch, mein Alter Ego Robo-GLP aus meinem Verstand zu vertreiben, Folge 23: Exorzismus!
Ich halte zwar überhaupt nichts von so okkultem Esoterik-Quatsch, aber ich bin auch echt verzweifelt ...
Okkult Store
Na, dann wollen wir mal ...

Äh, du weißt aber schon, dass ich kein Gespenst bin …
… sondern ein digitaler Avatar, der sich im Cyberspace autonomisiert hat und dessen Code in die biologische Hülle seines ursprünglichen Erschaffers transferiert wurde, oder?
Ruhe! Ich muss mich auf die Formel konzentrieren.
Ich sag's nur: zwei völlig verschiedene Sachen.
Spürst du schon, wie du aus der Existenz gependelt wirst?
Ich spür, wie dein letztes bisschen Würde weggependelt wird.
Scheiße!
TSHOK!
Das klappt nicht! War klar, dass dieser Schwurbler-Rotz nichts bringt!

Ich hab die Schnauze voll!
BAM!!
Ich hab doch wirklich alles ausprobiert, um dich loszuwerden …
Klumpi hatte sicher nur Gutes im Sinn, als er uns miteinander verschmolz …
Aber du machst alles kaputt!
Klumpi …
Du könntest das Problem wahrscheinlich als Einziger beheben …
…

Seit Monaten keine Regung bei deinem Ei.
Jede Tasten-kombination hab ich durch-probiert ...
Du schlüpfst einfach nicht ...
Haha!
So gefällt mir das!
Du verlierst immer mehr die Kontrolle.
All die Zweifel, die Ratlosigkeit. Keine Hoffnung. Dein Betriebssystem glitcht!
Von jedem Tag schnapp ich mir ein paar Minuten mehr. Überschreib dich!
La la lalala!
Funktioniert nicht. Du kannst mich nicht aussperren.

Verschwinde aus meinem Kopf!
Verschwinde aus meinem Körper!
Hm?
Was?
Was ist denn die Symphonie des Träumers?
Äh ...
Wow! Das war neu!
Der Gedanke von dir war so stark, dass ich ihn deutlich hören konnte.
FWOOO!
Wow. Super-interessant.

Ich frage mich, wie ich Klumpi aus seinem Ei befreien kann …
… und du denkst an dieses Musikstück.
Ihr Kids und eure Suchmaschinen. Schlimm!
„Legend of Dream Island". Ein älteres Game. Fast so alt wie ich. Kurze Inhaltsanalyse … Held landet auf der Insel …
„La la la la!"
„La la la la laaa!"
… sammelt Musikinstrumente …
… um ein Ei zum Schlüpfen zu bringen!

Das ist es!
Gaming Music
CLICK!
Noten dru
CLICK!
RATTER!
FWT!
TA-DA!!
Wofür hat man schließlich ein magisches Piano ...
... wenn nicht, um in Videospielwelten zu reisen?!

Äh ... Beim letzten Mal wärst du ein paarmal fast draufgegangen.
Ja, aber zu einem erheblichen Teil wegen dir und deiner Glitch-Dämonen.
Und darf ich dich daran erinnern, dass der andere erhebliche Teil Risiko auf deine Kappe ging?
Weil du auf NPCs trafst, die du vorher in Gaming-Videos schikaniert hattest?
Genau! In 'nem Spiel, in dem ich noch nie war, kann mir niemand böse sein.

Es funktioniert tatsächlich!
WHOOSH!
Beim ersten Versuch!
Klumpi, wir befreien di...
ZUUM!

Hat's geklappt?
Äh ...?
Was zum ...?!

Na, was machst du denn da, du kleiner Fratz?!
Der Cyber-Handschuh ist zurück – und dieses Mal übernimmst du Klumpis Rolle.
BRZ!
Hey, lass das!
Oweh! Du bist ja nur ein Hologramm!
An deiner Stelle wär ich ganz vorsichtig!
Du trägst 'n Kleid, Alter!
Ist doch vollkommen in Ordnung, wenn ein Mann ein kleidähnliches Stück Stoff trägt. Solange man sich drin wohlfühlt, ist es egal, was garstige Robo-Hologramme sagen.

Das Piano ist auch noch da.
Dieses Mal verbringe ich also kein ganzes Abenteuer damit, das Teil zu suchen.
Aber hier stehen lassen kann ich's auch nicht.
Gib her.
Hm?
Ich sagte, gib mir das Teil!
Ich hab hier 'ne Inventar-Funktion.
Oho!
Berühre das Piano …
Sag: „Piano: Inventar."
Piano: Inventar.
Ui!
FWO!

BEEP!
Ah!
Und da ist ja auch Klumpis Ei!
Das is aber lieb, dass du mir hilfst.
Ich will schließlich auch zurück.
WAAH!!
ROAR!
WAAAH!!
TAP! TAP!

Geht das wieder los. Robo, gib mir 'ne Waffe!
Hä? Ich hab hier keine.
WAAH!!
Kannst du nicht wie Klumpi welche machen, indem du Code isst?
Definitives Nein!
EIKS!!
Piano, erscheine!

GA-
DONG!!
Das Piano!
Du Trottel!
Wie soll ich jetzt nach Hause kommen?!
Mein Held!
Ihr müsst der Aus-erwählte sein!
Jetzt geht's los …

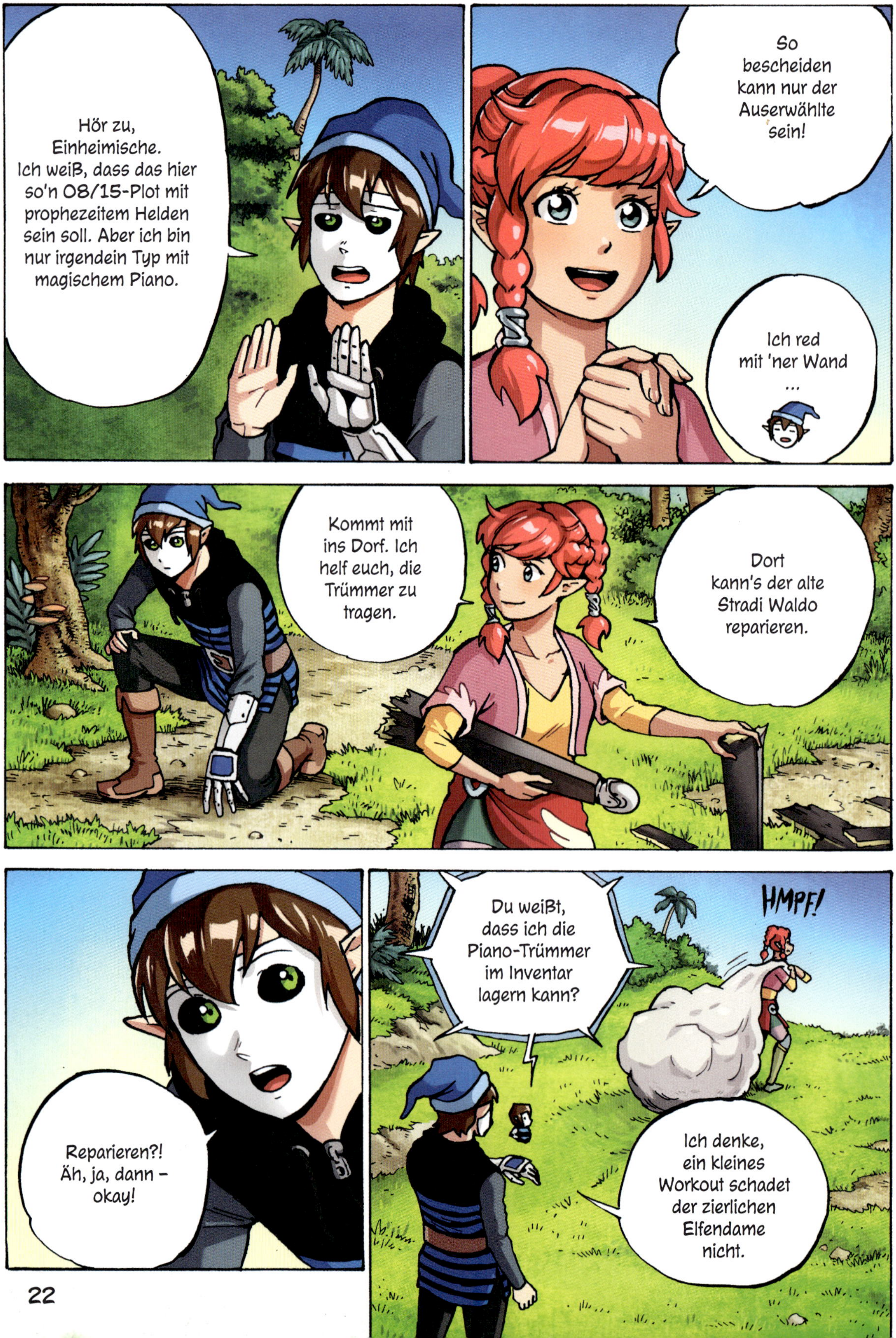
Hör zu, Einheimische. Ich weiß, dass das hier so'n 08/15-Plot mit prophezeitem Helden sein soll. Aber ich bin nur irgendein Typ mit magischem Piano.
So bescheiden kann nur der Auserwählte sein!
Ich red mit 'ner Wand ...
Kommt mit ins Dorf. Ich helf euch, die Trümmer zu tragen.
Dort kann's der alte Stradi Waldo reparieren.
Reparieren?! Äh, ja, dann – okay!
Du weißt, dass ich die Piano-Trümmer im Inventar lagern kann?
HMPF!
Ich denke, ein kleines Workout schadet der zierlichen Elfendame nicht.

Werdet ihr hier oft von Monstern überfallen?
Klar, jeden Tag! Haha!
Der ewige Kreislauf.
Wow.
Aber Ihr werdet den Kreis durchbrechen und uns Frieden bringen!

Wow!
Echt schön hier.
Kommt. Bis zum Dorf ist es noch ein Stück.
Hey, Zylia. Wieder beim Kräutersammeln angegriffen worden?
Klaro! Aber dieses Mal hat mir der Auserwählte geholfen.
VER...
... AR...
... BEIT!
Leute! Kommt alle her!
FLATT!

HURRA!!! DER AUSER-WÄHLTE!!!
Ich hasse dieses Game-Klischee ...
Nimm's einfach an! Bringt die Story voran.
Auserwählter! Hier eine Quest.
Ich vermisse zehn Hühner, die ...
Spinnst du?! Such deine Hühner selber!
Auserwählter! Hier noch eine Quest: Im Teich im Süden gibt es einen beson...
Nööö!!

Du musst dich schon auf ein paar Quests einlassen.
Für so 'nen Quatsch bin ich nicht hier!
BAM!!
WAAH!!
KLÄFF!
Oje, hat mein Hund Euch erschreckt?
Hund?!
Apropos: Mein Hund braucht noch einen Namen. Wie soll die Kleine heißen?

Stinkendes Drecks-vieh!!!
Stinkendes Drecksvieh ...
So hieß mein Großvater!
Ein schöner Name!
Wie kindisch.
Keine Angst. Ist egal, wie ich den „Hund" benannt hätte. Da kommen immer dieselben Standard-Reaktionen.
GermanLetsPlay. Kurz: GLP.
Apropos.
Wie ist eigentlich Euer Name?
Und ich bin hier, um ein Ei auszubrüten.

Das Ei.
TUSCHEL
Wirklich?!
Dann ist es wahr!
Bürger-meisterin ist mein Name.
Sehr erfreut, Herr GLP.
Dann werdet Ihr also die fünf magischen Musikinstrumente sammeln.
Fünf Instrumente?
Ah ja, da stand was in der Kurz-beschreibung des Spiels.
Dann müsst Ihr jetzt zuerst Euren Begleiter aus einer anderen Welt treffen.

Begleiter aus einer anderen Welt?
So steht es geschrieben: Der Auserwählte trifft im Nebelhain auf seinen treuen Freund und Inselführer.
Klumpi!
Ihr meint Klumpi!
Das geht doch schneller als gedacht!
Ich bin dann mal eben weg, meinen Kumpel Klumpi abholen.
CLAP!
Stradi Waldo, du reparierst in der Zwischenzeit das Piano?
Kling Klang, ich fang gleich an!

Und denkt an die Hühner!
Vergesst es!
Und an meine Quest auch!
Macht euren Rotz selber!
Meine Felder werden von ...
Bis dann!
Eigentlich hätte man durch eine der Quests die erste Waffe des Spiels bekommen.
Damit fangen wir gar nicht erst an.
FWUMP!
Die Monster hier nehmen eh kaum Notiz von uns.
FWUMP!
FWUMP
Das sind auch nur Tutorial-Gegner.
Du spielst das falsch!
Ich hab Tausende solcher Games gezockt und wenn man einmal die Bewegungs-muster der Feinde erkennt, kann man blind ...
FWUMP!

Haha! Ein Herz weniger!
Schnauze!
Neblig! Hainig!
Der Nebelhain!
Klumpi, wir sind gleich da!
Alter!
Man sieht nix!
Das ist die Idee dieses Orts. Aber ich geb dir einen Tipp.
Du musst nur die vier fluoreszierenden Laternenpilze zum Leuchten bringen, um ...
Halt! Was wird das?

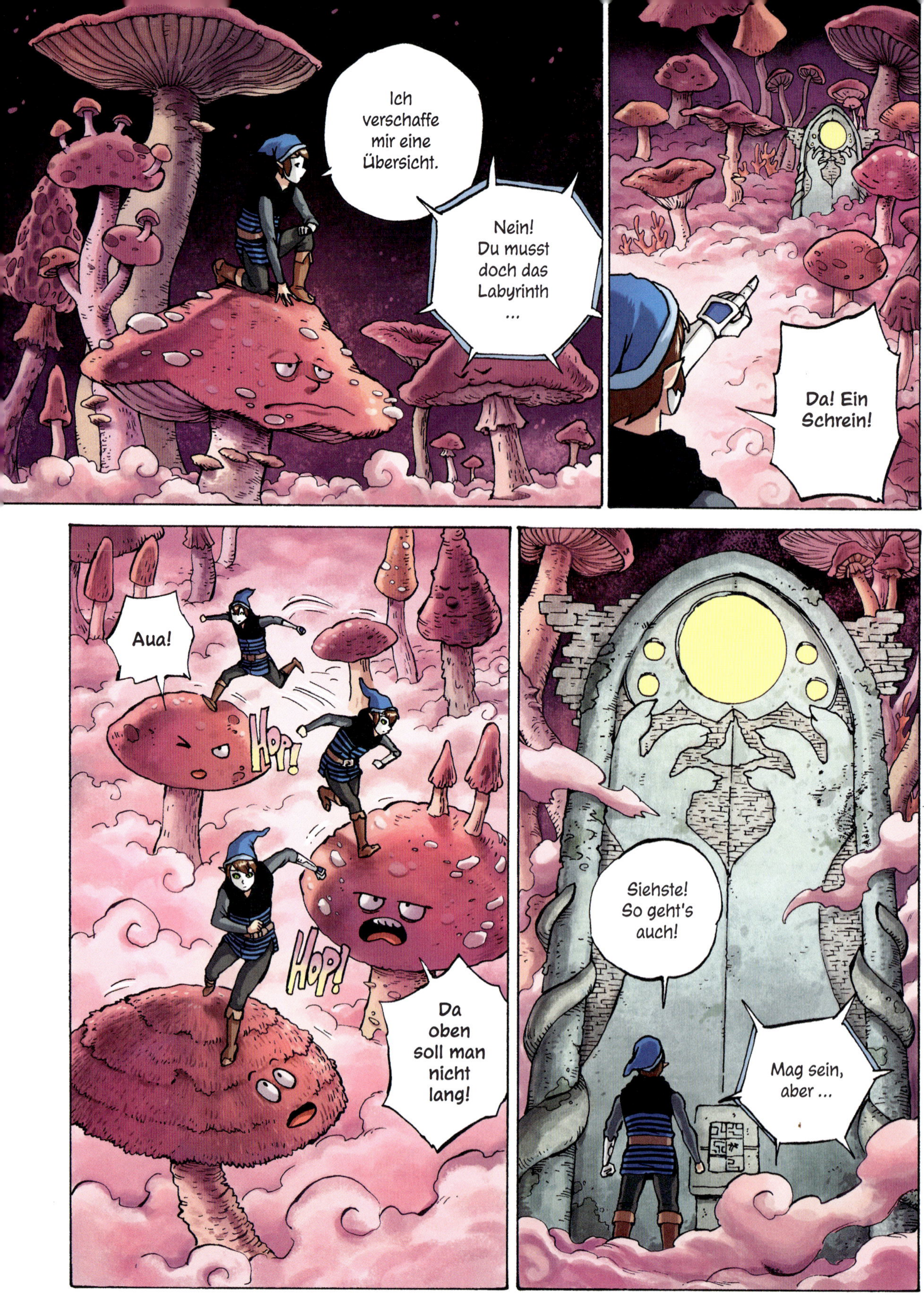
Ich verschaffe mir eine Übersicht.
Nein! Du musst doch das Labyrinth …
Da! Ein Schrein!
Aua!
HOP!
HOP!
Da oben soll man nicht lang!
Siehste! So geht's auch!
Mag sein, aber …

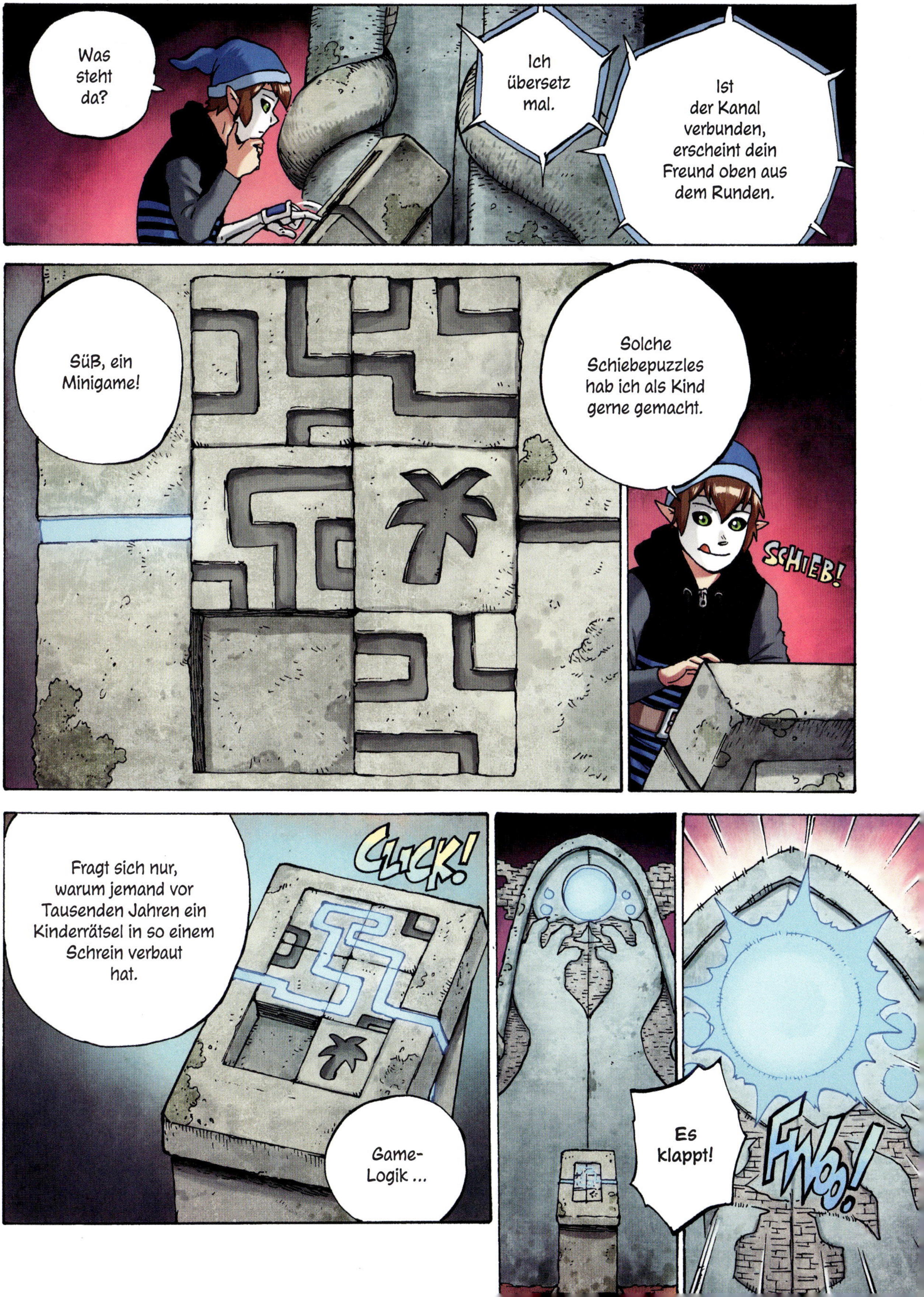
Was steht da?
Ich übersetz mal.
Ist der Kanal verbunden, erscheint dein Freund oben aus dem Runden.
Süß, ein Minigame!
Solche Schiebepuzzles hab ich als Kind gerne gemacht.
SCHIEB!
CLICK!
Fragt sich nur, warum jemand vor Tausenden Jahren ein Kinderrätsel in so einem Schrein verbaut hat.
Game-Logik ...
Es klappt!
FWOO!

Klumpi!
TA-DA!
BOING!!

Puffi!!!
Was machst du denn hier, Puste-blümchen?!
Au, du piekst!
Ach, egal!
Da oben versteckt sich nicht zufällig auch noch Klumpi, oder?
BLUBB
BLÄH!
Was denn jetzt?
Bist du eifer-süchtig? Über dich freu ich mich doch genauso sehr!

PRUUUUUST!!
Ah! Der Nebel hat sich verzogen.
Äh ... gut gemacht, Puffi ...
Wird wohl doch nicht ganz so einfach, Klumpi zu befreien.
Dann passiert's jetzt echt.
Auf zur epischen Suche nach den ... wie viel?
Fünf.
Ja, genau. Fünf magischen Instrumenten.
Uff!

Klingt noch blöder, wenn man's laut ausspricht.
BLUBB!
Und jetzt folgen wir unserem Insel-Guide, dem fliegenden Kugelfisch.
Endlich ein Satz, der wieder richtig Sinn ergibt!
Puffi, isses noch weit bis zum ersten Instrument?
EY!
SPLASH!
Irgendwie bezweifle ich, dass Puffi ein gutes Navi ist.
Da könntest du recht haben.
PLATSCH!
BLUBB!
Er hat was gefunden!

Hast du nur was zu mampfen gesucht?!
Wer frisst denn so riesige Haxen?
Riesige Schweinebär-Personen natürlich ... Warum frag ich auch so blöd?
Leute, das ist ein Missverständnis. Wir wollen keinen Ärger.
MAMPF!
Puffi, hör auf, deren Zeug wegzufressen.
Das ist er, Mama!

Das ist der Grobian, der den Flügel auf meinen Kopf geworfen hat!
Och nö, ey!
Zur Verteidigung: Das war nur ein Piano. Die sind kleiner als Flügel. Und es hat auch ordentlich was abbeko...
BONG!
Aufsteh'n!

Nur noch fünf Minuten.
Hö?
Hä?!
Wo?!
Auch wenn der Weg unkonventionell war ...
Wir sind tatsächlich im ersten Dungeon.
Dem Hoglin-Verlies.

* Zombey: ein Gaming YouTuber mit Zylinder

CHING!
CHING!
Noch nie in 'nem Dungeon gewesen?
Hier wird dich alles killen wollen!
Gescha...
FWOOHOO!
WAH!
Easy peasy ... Die üblichen Level-1-Fallen ...

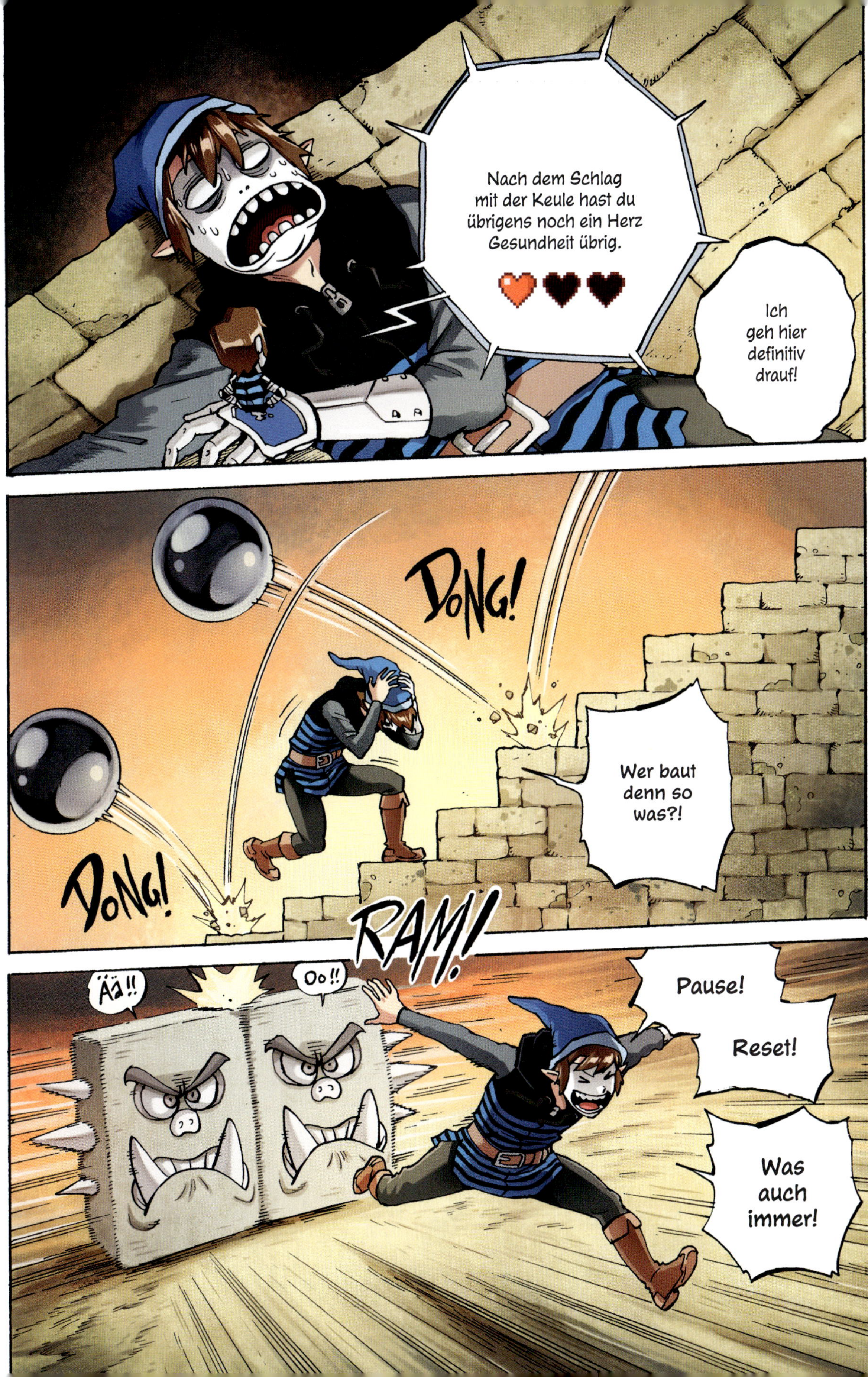
Nach dem Schlag mit der Keule hast du übrigens noch ein Herz Gesundheit übrig.
Ich geh hier definitiv drauf!
DONG!
DONG!
Wer baut denn so was?!
RAM!
Ää!!
Oo!!
Pause!
Reset!
Was auch immer!

Okay, und nun?
Ab hier geht's richtig los.
In der gut bewachten Truhe ist ein einzigartiges Item.
Das brauchst du jetzt!
Vergiss es!

Da unten sind vier fies aussehende Schweinebär-männer.
Und ich darf erinnern: Ich hab keine Waffe!
Wie blöd kann man aber auch sein? Zu diesem Zeitpunkt des Spiels sollte das unmöglich sein!
Wir überspringen das.
Nein, so geht das nicht!
CHING!
CHING!
THWOMP!
SLIDE!
Das Ende des Weges.
PUH!

Aaaha!
Ein „Schalter-Rätsel".
Mehr Klischee geht nicht.
Ich schieb den Block auf ...
HNG!
Warum hab ich Trottel das Workout so oft ausfallen lassen?

Oje …
Ich verrate dir, was vorhin in der Kiste gewesen wäre.
Ein nigelnagelneuer Power-Handschuh! Mit ihm hättest du problemlos die megaschweren Blöcke verschieben können.
Prima, das fällt dir aber früh ein, dass das Teil wichtig gewesen wäre.
Dir gehört mal so richtig krass die Festplatte fragmentiert!
Dann holen wir halt noch den …
Ein Gitter?!
RATTER RATTER!!
?!

DO DON!
Da kommen Stacheln aus der Decke!
Und die Decke kommt runter!
Eine Minute und wir sind Schweizer Käse.
Der Innen-architekt gehört verhaftet!
Die Druckplatten müssen …
HOP!
CLICK!
BI-BIM!
Es reicht, wenn ich mich drauf-stelle?!
Zum Glück hab ich das Workout so oft ausfallen lassen.

Und jetzt noch Platte zwei!
DO-DONG!
Man muss wohl beide gleichzeitig beschweren.
clock!
CLICK!
Aller möglicher Kram aus dem Inventar: erscheine!
ZUN!
CLICK!
BI-BAM!

Es hat geklappt!
Wo kommt all der Kram her?
Hab ich mir im Dorf ausgeliehen.
Ich dachte, falls ich das mit in die echte Welt nehmen kann, wären das schöne Stücke für meine Wohnung ...
CLACK!
Hm?
PACK!
Achtung!
FLOP!
WHOMP!
BAM!

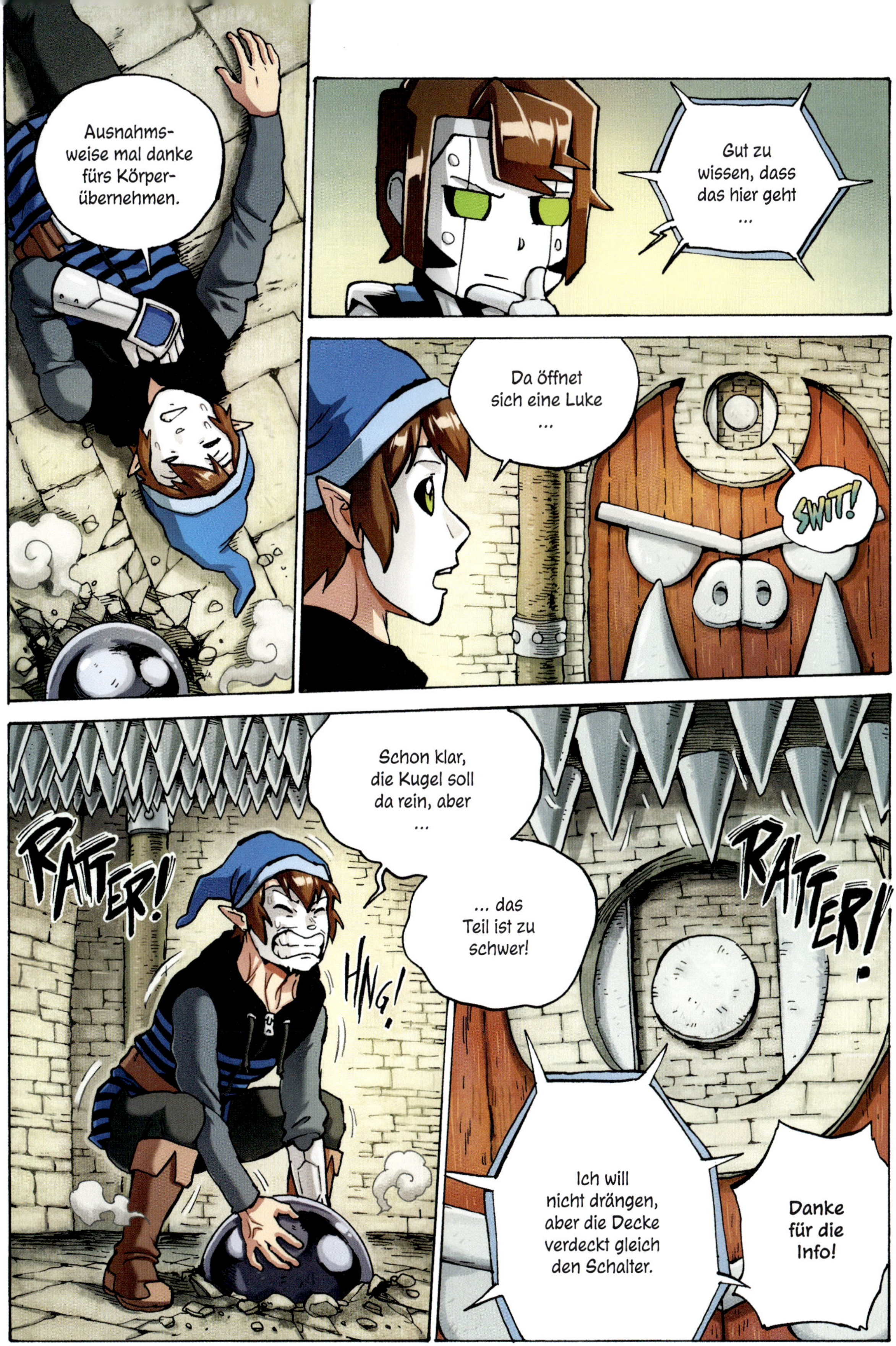
Ausnahms-weise mal danke fürs Körper-übernehmen.
Gut zu wissen, dass das hier geht ...
Da öffnet sich eine Luke ...
SWIT!
Schon klar, die Kugel soll da rein, aber ...
RATTER!
... das Teil ist zu schwer!
HNG!
RATTER!
Ich will nicht drängen, aber die Decke verdeckt gleich den Schalter.
Danke für die Info!

Ich brauch doch nur was Rundes.
Ah!
Das wird gehen!
FWOOSH!
FWOO!
Das wird!
HAM!
Aaah!

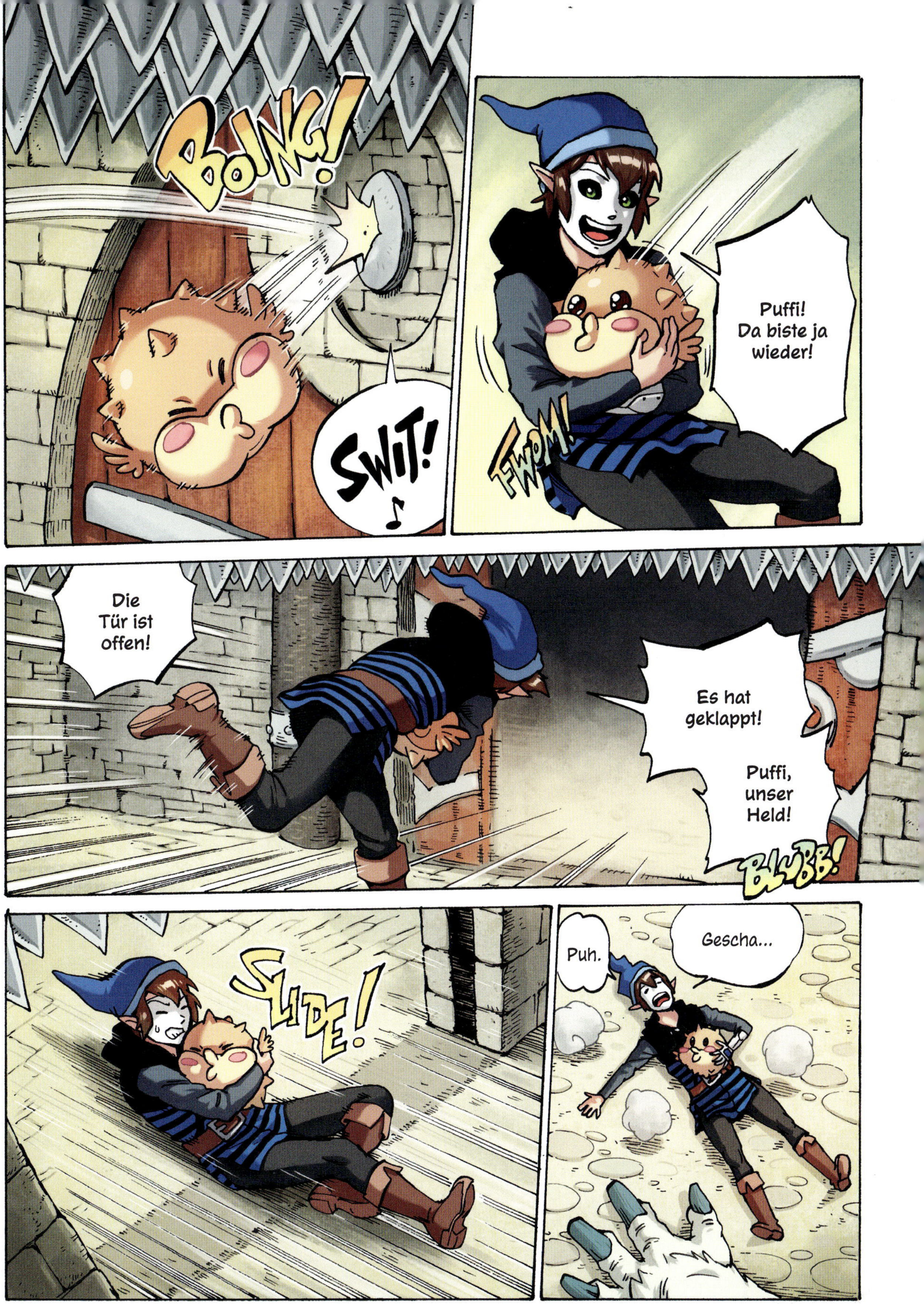
BOING!
SWIT!
Puffi! Da biste ja wieder!
FWOM!
Die Tür ist offen!
Es hat geklappt!
Puffi, unser Held!
BLUBB!
SLIDE!
Puh.
Gescha...

Und weiter geht's.
SNORT!
BAAH!
End-boss-Alarm!

BAH!
WAH!
FWOOSH!!
ZOOOM!
BAAH!!
Darf ich dich erinnern, dass du nicht noch mal getroffen werden darfst?
Ja, danke. Sehr hilfreich.
Eisstrahl!
SHWOO!
FWIT!

Hier geht's nicht weiter!
BAAH!
Achtung! Schwinger!
WHOOSH!!
Bring dich in Sicherheit, Puffi!
AAH!!
Hö?
BAH!

BAAH!
PIEKS!
Hey!
Lass Puffi in Ruhe!
AAAR!!
Ist der blöd?
Vor allem ist er angeschlagen!
Jetzt hau drauf!
AAAAR!!
Ich hab immer noch keine Waffe!

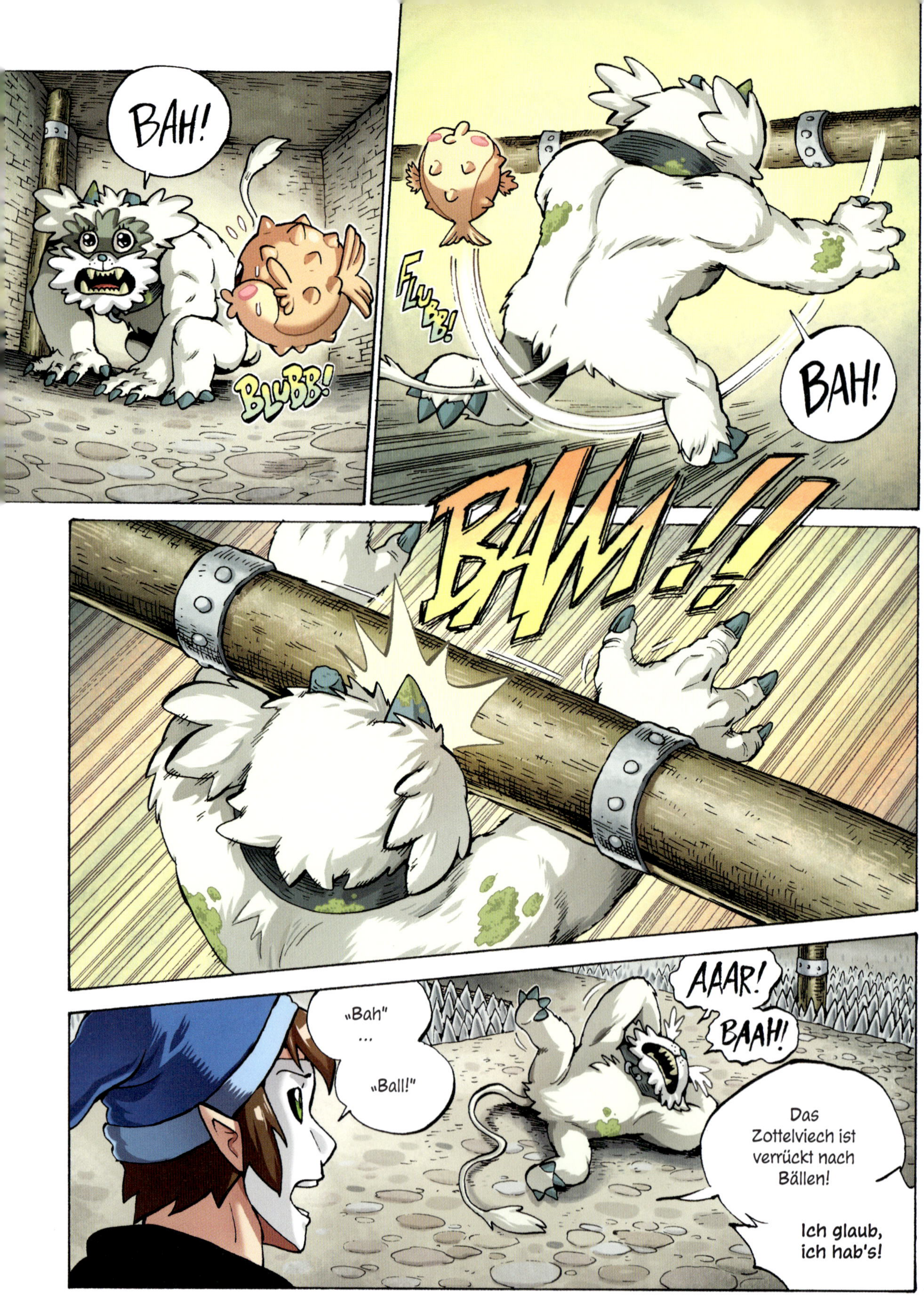
BAH!
BLUBB!
FLUBB!
BAH!
BAM!!
AAAR!
BAAH!
„Bah"
…
„Ball!"
Das Zottelviech ist verrückt nach Bällen!
Ich glaub, ich hab's!

Bosse in solchen Spielen haben immer spezifische Handlungsabläufe.
Wartet man den richtigen Moment ab, sind sie verwundbar.
Mit dem Power-Handschuh hätten wir den schweren Ball in den Kampf gebracht.
FWIT!
Das Monster folgt dem Ball hirnlos auf direktem Weg.
Wirft man den Ball also über Fallen …
WOOSH!
BAH!
AAAR!
… rennt es blind hinein …
… verletzt sich …
PIEKS!
PIEKS!
PIEKS!
DOING!
… und macht sich angreifbar für weitere Attacken.
Ein paar Male wiederholen und das Viech ist …

FWIT!
BAAAH!!
FWOOOSH!!
Sorry, Puffi!

BAH!
Aber nicht so doll machen! Lieb sein zu Puffi.
PFFUUH!!
BAH!
BÄH!
Nein!

AAR!
Selber schuld! Das hat Puffi wehgetan!
Lieb sein!
Willst du noch mal den Ball haben?
NICK!
Sitz!
WEDEL!
Okay.
BLUBB
KUSCHEL!!

Verstehe! Du lockst ihn in die Falle, um ihn dann hinterrücks ...
Nein!
Klappe!
Brav.
WUSCHL!
Magst du mit uns kommen?
Dann kannst du auch hin und wieder mit Puffi Ball spielen.
NICK!
BAH!
Ich nenn dich ... Zottel.

NICK!
Da wäre nur noch eine Sache. Wir suchen ein Musikinstrument. Findest du das für uns? Danach können wir weiterspielen.
DRÜCK!
DO-
Prima!
DOM!
DÜDEL-DÜ ♫
BAH! BAH!

Oh, was ist das?
FLASH!!!
Ah!
Meine Energie ist aufgefüllt. Und ein Herz ist dazugekommen! Läuft!
Keine Ahnung, wie du dich bis hierhin durchgemogelt hast ...
Aber so kann's doch weitergeh'n!

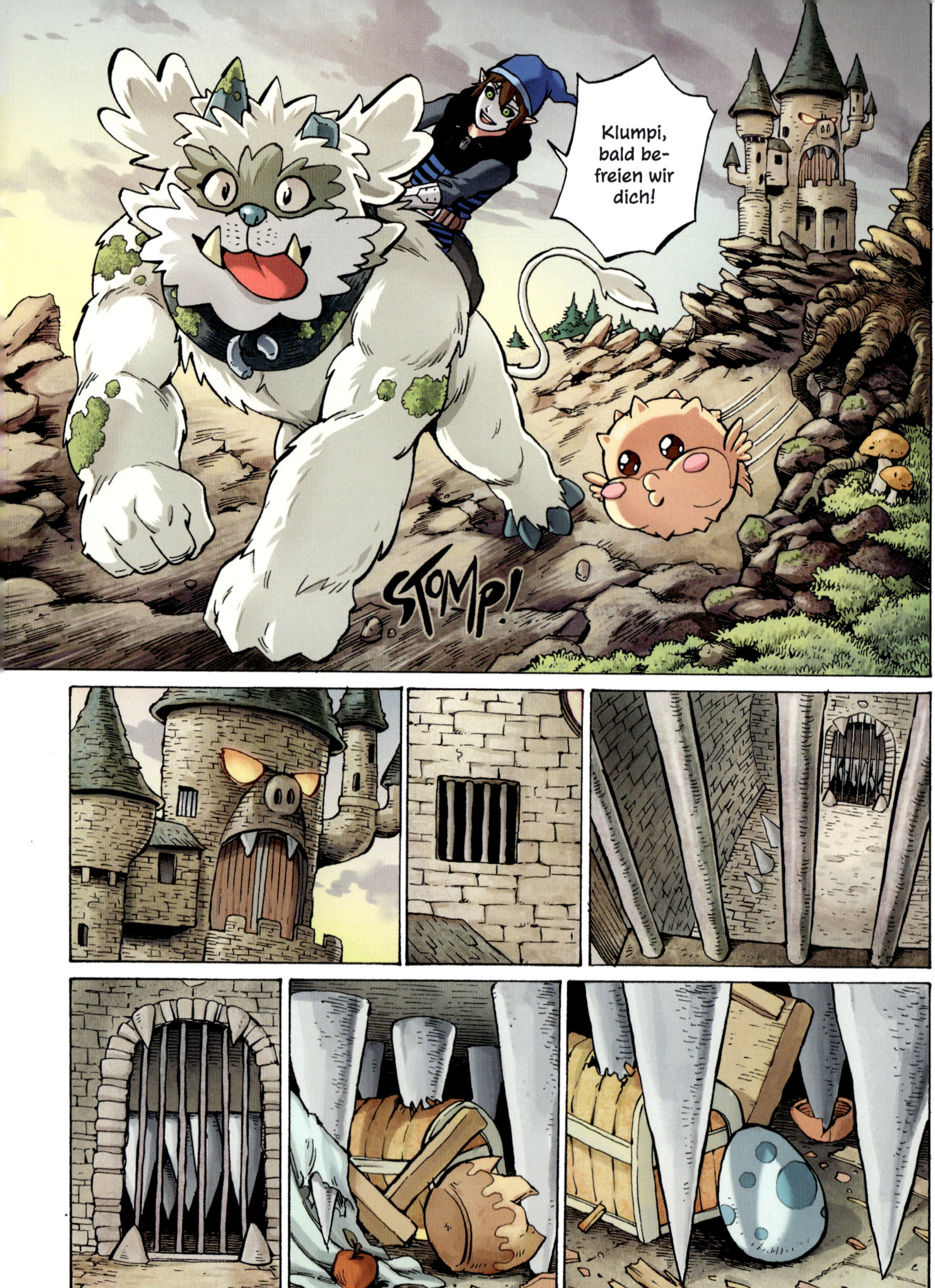
Klumpi, bald befreien wir dich!
STOMP!

An deiner Stelle wär ich nicht so enthusiastisch.
Du wärst fast draufgegangen. Ein Treffer fehlte ...
Fast, aber ich bin's nicht!
Aber es wäre trotzdem schön, etwas sicherer durchs Abenteuer zu kommen.
Ich brauch noch mehr von diesen Herzen für meine Lebensenergie.
Traditionell gibt's die in solchen Games auch fürs Abschließen von Nebenquests ...
Uff! Dann doch zurück ins Dorf ...

Auserwählter!
Held der Prophezei-ung!
Jaaa ... Bitte nicht jedes Mal die Nummer.
KLÄFF!
Stinkendes Drecksvieh?!
Nööö!
SLOPP!

HEH! HEH!
BAH?
BLUBB!
Ja, das ist ein Ball. Und auch ein Hund ... Irgendwie ... Spielt doch 'ne Runde.
Okay, Dorfleute, wer hat 'ne Quest für Herzcontainer?
Du.
Yeah!
Auserwählter, nur Ihr könnt mir noch helfen. Wilde Pobbits bedrohen meine Ernte. Könnt Ihr sie verscheuchen?
Nehmt dieses Schwert, um der elenden Plage Herr zu werden!

Aha! So hätte man die Waffe also zu Beginn des Abenteuers bekommen!
Hab ich doch gesagt!
HAM!
MUNCH!
MUNCH!
Was?
Das sind sie! Die Pobbits!
Die sind doch ganz putzig. Und die soll ich vertreiben?
Na, okay. Wenn's sein muss.

Husch, husch!
FWAT!
Miip!
FWAT!
HOP!
Miip!
Wow! Dass ich das miterleben durfte! Wahrlich der Auserwählte!
Jaaa ... Wahrlich.
Hier, Eure Belohnung.
GLIM!
Kein Herz? Drei Rubine ...
Das ist hier die Währung.
Wie viel ist das in Euro?
Entschuldigt! Mehr Pobbits bedrohen meine Ernte auf Feld B!
Och nö!

Solche Quests nerven. Ich sag dir: Das geht jetzt jedes Mal ein Feld höher, bis wir irgendwann ganz oben sind und die Questreihe durch ist.
Und es werden einfach nur jedes Mal ein paar mehr Pobbits.
Sag ich doch.
Miip!
Oh, süß! Sie sind sauer.

Miip!
Miip!
Oje.
Miip!
Miip!
Sind die schwach.
Husch, husch! Weg mit euch! Sonst verletz ich euch noch versehentlich.
Miip Miip!!
FWOSH!
FWIT!
Miip!
HOP!
HOP!

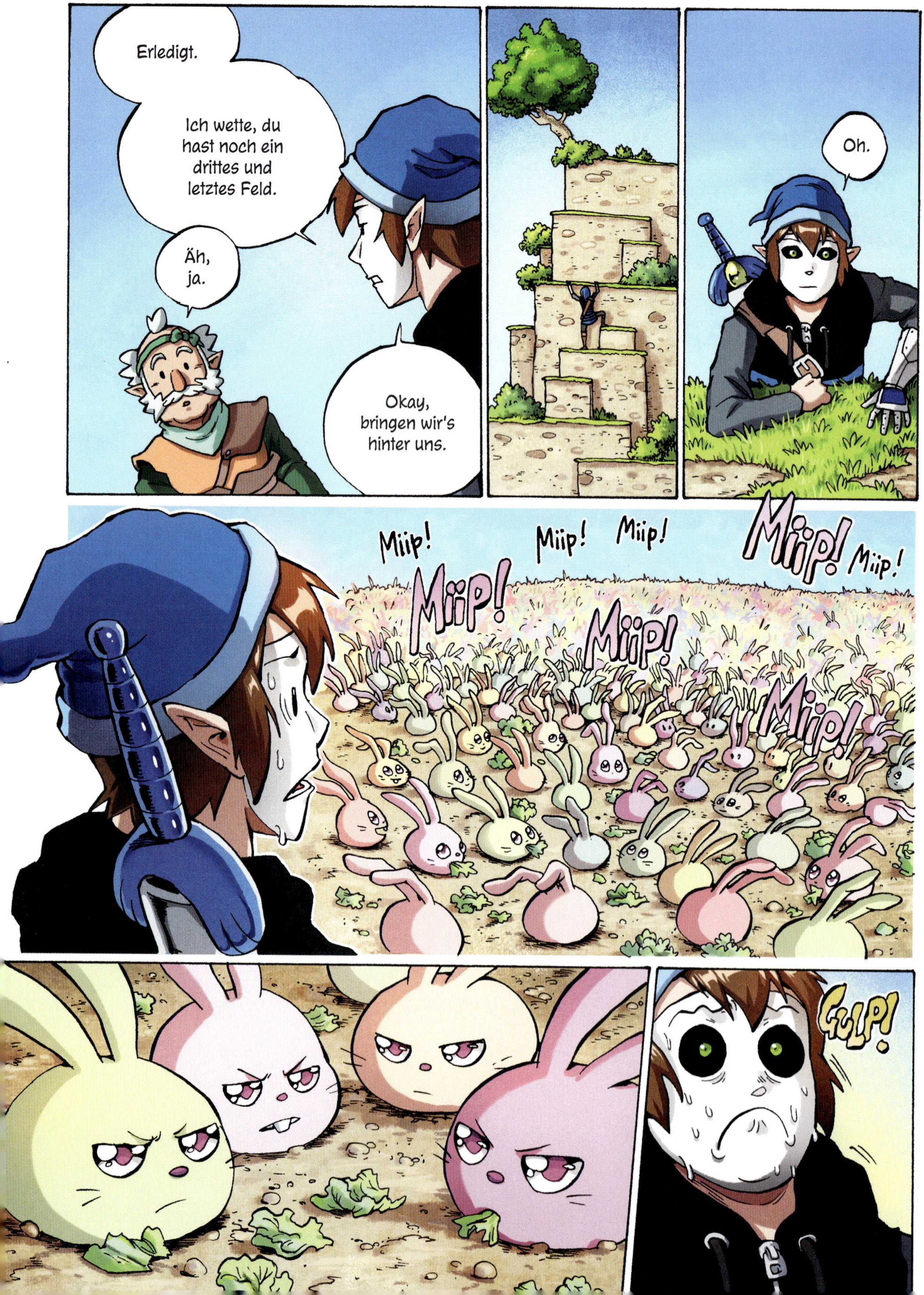
Erledigt.
Ich wette, du hast noch ein drittes und letztes Feld.
Äh, ja.
Okay, bringen wir's hinter uns.
Oh.
Miip!
Miip!
Miip!
Miip!
Miip!
Miip!
Miip!
Miip!
GULP!

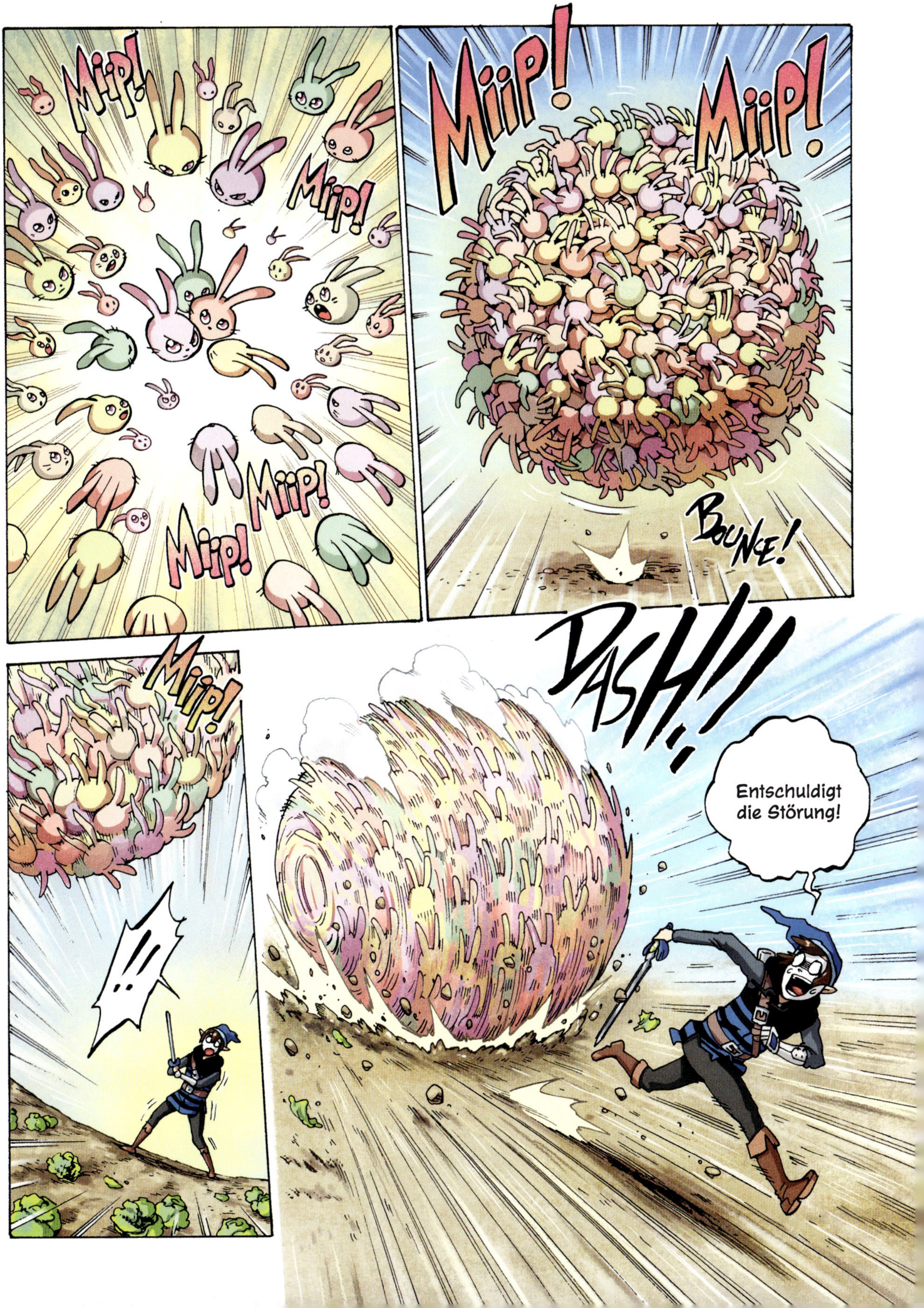
Miip!
Miip!
Miip!
Miip!
MiiP!
MiiP!
BOUNCE!
Miip!
!!
DASH!!
Entschuldigt die Störung!

HOP!
SPLIT!!
AU!!
BAM!
BAM!
BAM!
BAM!

FWOOSH!
TSHOK!
WHOMP!
Aaaaah!!
TSHOK!
WAH!!

Abbruch! Nicht mit mir! Ich lass mich doch nicht von 'nem Haufen Streichelzoo-Monstern killen!
Du bist die Sidequest nur zu früh angegangen.
Sammle Erfahrung, hol dir bessere Waffen und komm später wieder.
Nee, nee.
Wir wollen Klumpi befreien und uns nicht monatelang in Nebenaufgaben verheddern.
Ich hab da schon 'nen Plan.
Und Ihr habt die Pobbits tatsächlich alle erledigt?
Jepp!
Wirklich?
Na, aber hallo!

Hmm ...
Gut, dann kann ich also wieder auf mein Feld. Die Pobbits sind weg, sagt Ihr?
Sicher?
Logo!
Und ich krieg noch was.
Klar. Hier, bitte.
TA-DA-DA-DA♪
Yeah!
FLASH!!
Na, also!
Wow, genialer Plan, den Bauern einfach anzulügen.

Keine Angst. Das ist ein älteres Spiel. So komplex sind die NPCs nicht programmiert, dass sie das stören würde.
Ich zeig dir mal an ein paar Sachen, wie simpel diese Welt gestrickt ist.

Hausfriedens-bruch? Kein Thema!

Hallo, Auserwählter. Ich mag Pilzsuppe.
Oh! Dahinten stehen Krüge! Wunderbare Töpferkunst.
Aha.
HMPF!
Liegt gut in der Hand.
FWIT!
KLIRR!
Sachbeschädigung!
Körperverletzung!
Was zum ...?!

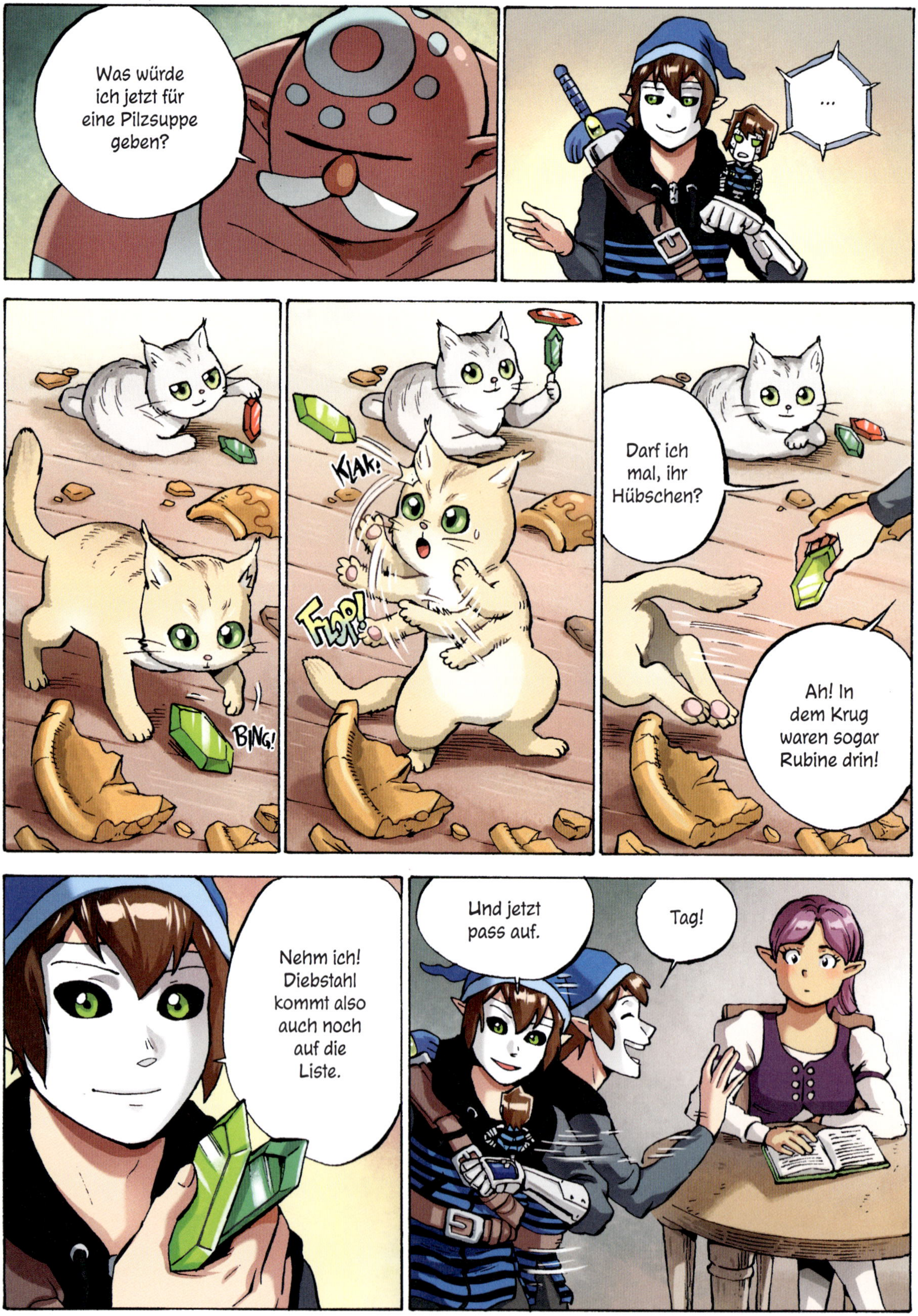
Was würde ich jetzt für eine Pilzsuppe geben?
...
KLAK!
FLOP!
BING!
Darf ich mal, ihr Hübschen?
Ah! In dem Krug waren sogar Rubine drin!
Nehm ich! Diebstahl kommt also auch noch auf die Liste.
Und jetzt pass auf.
Tag!

Auserwählter! Ich möchte meinem Mann eine Pilzsuppe machen.
Dafür brauche ich 30 Pilze aus dem Morchel-wald.
Jaaa, lass die lahme Pilzsuppen-Quest mal stecken. Gemerkt? Ich hab grad vier Straftaten begangen.
Mein Mann liebt Pilzsuppe.
Könntet Ihr 30 ...
Okay. Nein.
Ich denk nicht, dass du fürs Pilzesammeln den Auserwählten brauchst.
Mach mal selber! Tschö, bis zum nächsten Haus-friedensbruch.
Wahnsinns-leistung. Du verarschst NPCs.
Ich dachte, du hättest bei deinem letzten Ausflug in die Videospiele-Welt deine Lektion gelernt.
Hab ich ja, aber wie gesagt: Das sind simple Figuren aus 'nem alten Game hier. Die merken doch eh nichts.

Ich bin noch nicht lang hier, aber ich kann dir ganz genau vorhersagen, was sie machen wird.
Die folgen ganz simplen Routinen. Darum bringt sie auch nichts aus der Ruhe.
Die da zum Beispiel.
Gleich ist sie beim Brunnen ...
... um Wäsche zu waschen.
Aber ...
Vorhin hab ich im Vorbeigeh'n das Waschmittel heimlich gegen was anderes ausgetauscht.
Speisestärke, Rasierschaum und grüne Farbe. Ergibt mit dem Wasser und der Seife Schleim. Schlau, oder?

Wow! Ein wahres Genie. Ich hab dich wirklich unterschätzt ...
Und siehe da: Sie macht weiter mit ihrer Routine.
Wie gesagt: Sie hat nichts gemerkt. Witzig, oder?
Das gilt auch für Dialogschleifen. Willst du tausendmal hören, auf wessen Anruf der Alte da wartet?
Hi!
Ich warte auf den Anruf meines Enkels. Er wohnt an der Ostbucht.
Alles klar.
Und noch mal: Hi!
Ich warte auf den Anruf meines Enkels. Er wohnt an der Ostbucht.

Siehst du, Robo?
Noch mal?
Reicht eigentlich.
DODODODOM!
Hi!
E-es lauert!
In d-d-den Eingeweiden der Insel!
KRCHRR!
Manchmal höre ich es durchs Te-Telefon.
Entsetzliche Ge-Geräusche. Albtraumhaftes Röcheln!

E-es wird a-a-ausbrechen ...
... und uns alle verschlingen!
Okay, der Text war neu.
Entschuldigt mich, ich warte auf den Anruf meines Enkels.
Äh.
Er wohnt an der Ostbucht.
Geht jetzt bitte.

Und wie erklärst du die Nummer zum Schluss?
GLP!
Also ...
GACK! GACK!
Ich sehe, was Ihr hier macht, und würde Euch gern etwas anvertrauen.
Du wieder! Du heißt ...
Z-Z- irgendwas mit Z. Zylda? Nee.
Zylia.
Ich glaube, es ist Zeit, dass ich Euch die Wahrheit über diese Insel sage.
Über den Fluch.
FLATT!
Fluch?

TCHING!
Puffi!
Hey! Mein Schwert!
GACK!!
Nicht das Huhn ärgern!

Oh nein!
Wer auf dieser Insel die Hühner schikaniert ...
GACK! GACK!
WAAAH!!

FWOOOO!!
Puffi! Schön, dass du dich blicken lässt!
Aber was soll der Scheiß?!
AUU!!
PICK!
Ein episches Fantasy-Abenteuer sollte das sein! Ich hatte mit Kämpfen gegen Fabelwesen, Geister und Drachen gerechnet.
FWOOSH!
Jetzt vermöbeln mich Pobbits-Häschen und Hühner!

Ist das da vorn ein ...
Ein Fuchs!
Perfekt! Die natürliche Nemesis aller Hühner!
TSHING!
Auser-wählter! Ich fordere dich zu einem ...
JAUUL!
Danke für gar nichts, du Poser!
TOK!
TOK!
TOK!

Ein Unter-schlupf!
Vielleicht können wir sie dort abschütteln!
WAH!
SLIP!
SLIDE!!
WAH!
GLOBB!

BONG!
URGH!
KCH!
Entschuldigung, werter Herr! Da waren Hunderte Hühner und ...
WAH!!

SLURP!!
EIKS!!
Wir sind übrigens in Dungeon 2, der Wurm-Grotte.
Aha!
SLURP!
GACK!
GACK!
GACK!

GACK!
SLURP!
Oje, der Wurmtyp hat sich mit den Hühnern angelegt.
Mein Beileid.
Augen nach vorn!
Mehr Mons-ter!
BLOBB!
Keine Zeit fürs Standard-Gegner-Kloppen!

HOP!
HOP!
HOP!
GACK!
GACK!
Ein Schleimsee?
Das ist Säure!
Zu über-winden mit dem Item, das man in diesem Dungeon findet.
Dem ...

FLATT!
Keine Zeit!
Geht auch so!
GACK!
GACK!
Scheiße! Die Hühner können echt gut fliegen!
Puffi! Schneller!
GACK!
Du bist zu schwer!
FLATT!
PLOP!
GACK!
PLOP!
Hätte ich mir nur nicht jeden Tag Pizza in den Rachen geschoben.

Puuuffiii!!! Bitte, bitte nicht schlapp-machen!
Schnell! Da vorn ist eine Insel!
PLOP!
TOK!
UFF!
CRUMBLE!!
?!

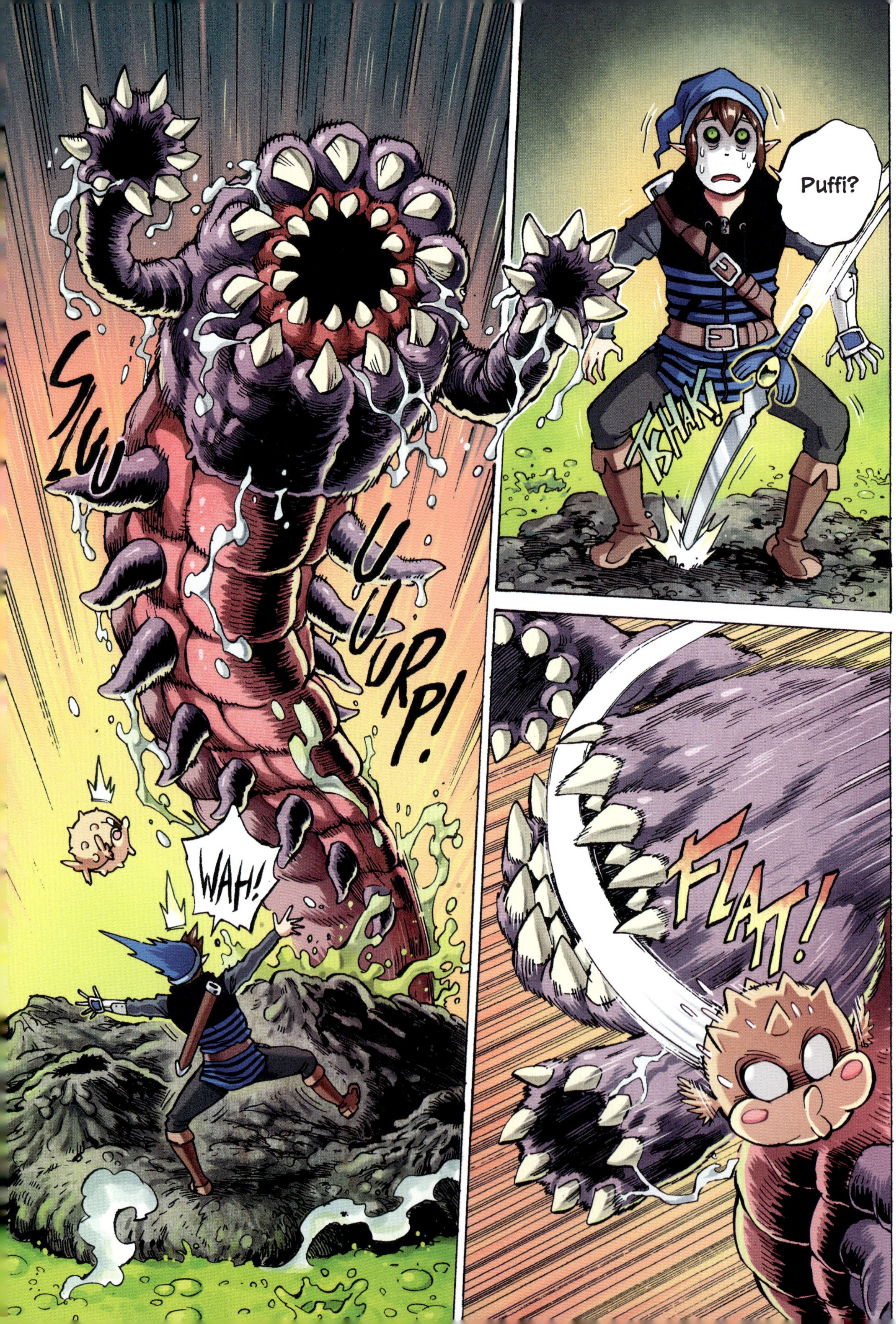
SLUUUUURP!
WAH!
Puffi?
TSHAK!
FLAT!

Bosskampf! Du wolltest doch 'nen epischen Monster-Battle!
FWOOAR!!
GACK!
GACK!
GACK!

GACK!
GACK!
GACK!
GOOOAAH!!
GACK!
GACK!
Urks! Hühner mögen Würmer ...
Schon fertig?
Alle satt?
POK
PO-PO-PO-POK
BÖRK!
POK!
PO-PO-PO-POK
GLUCK
POK!
POK!
PO-PO-POK!

Äääh!
Kein
Stress.
PUH!
PoPo
PoPok
Ruuuhig.
Ihr
hattet schon
Abendbrot.
PoPoPo
Pok
GLUCK!
PoPoPo
POK
POK POK
CLOK!
CLOK!
CLOK!
CLOK!
Ein neuer
Weg.
CLOK!
CLOK!

PLOP!
Yeah! Ein weiteres neues Herz. Vollgeschleimt und grün, aber ist noch gut!
FWOO!
TATATAM
Und da! Das magische Instrument!
Schleimig ...
... aber groovy!
Oh.
VROOM!

Nicht schon wieder!
SLIDE!
FLOTSH!
Uff! Geschafft! Zwei Dungeons durch! Geschmeidig wie ein Kätzchen ...
W-was war das?!!! Das war im wahrsten Sinne ein Speedrun! Unorthodox, aber Rekordzeit!

Puffi zieht's aber durch. Er führt uns echt von Dungeon zu Dungeon. Jetzt aber zurück ins Dorf.
Wo ist das von hier aus? Wir waren doch mitten im Gespräch.
Die-mit-Z-im-Namen wollte mir was Wichtiges erzählen.
Oh!
Das Dorf! Es brennt!
FWOOOOOOOOO!!

Bürger-meisterin!
Was geht hier ab?
ZSH!
ZSH!
Zylia!
Sie wurde entführt!
Von den Knochen-rittern des Schädel-Schreins!
Oh, schade!
Wo muss ich lang, um sie zu retten?
Ach, und Aus-erwählter: Könntet Ihr uns hel-fen, die Brandherde zu löschen?
Jaaa ...
Puffi!

BLUBB!
Du kommst echt, wenn man dich ruft? Lieber Fratz!
Puffi! Kannst du noch mal die Technik aus dem Nebel-hain anwenden und das Feuer auspusten?
BLUBB!
BLÄH!
PRUUUUUST!!
?!
Das hat das Feuer noch mehr entfacht …
FWOO..!!

Puffi, geh lieber Wasser holen.
BLUBB!
Nächster Versuch.
Hey, Zottel! Mach das böse Feuer weg!
Yeah!
ZISCH!
Praktisch, mit einem Dungeon-Boss befreundet zu sein.
BAH!
WALZ!
Das ist einfach nur heftiges Cheaten.
Apropos heftiges Cheaten ...

Ach ja, sind diese Knochenritter Skelette?
Ja.
Hey, Masken-händler!
Kennen wir uns nicht irgendwoher?
Ich will diese Maske da!
420 Rubine.
Öh ...
Guck! Ein drei-köpfiger Hund!
Echt?

Wo denn?
Ach, da!
Übrigens ...
Mich zu beklauen wäre sehr unklug.
TOK!
Ich wollte nur mal halten!
Äh ... Was gibt's für so viele Rubine?
KLIRR!

EIN STIFT!!
Perfekt!
KRICKEL!
Robo, wusstest du, dass ich ein Meister der Verwandlung bin?
Gestatten: Skelettritter GLP!
Jetzt aber auf zu ...

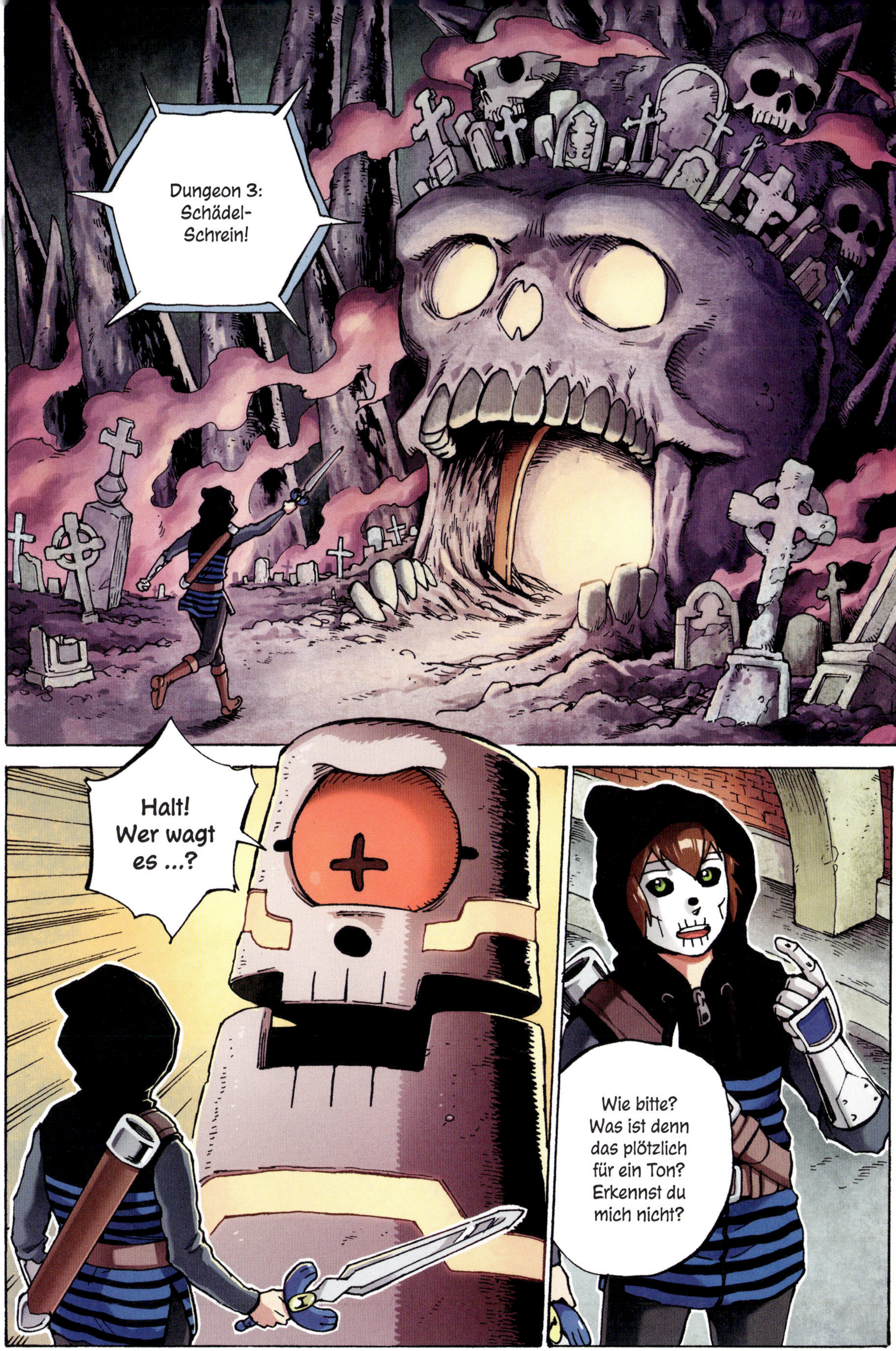
Dungeon 3:
Schädel-
Schrein!
Halt!
Wer wagt
es ...?
Wie bitte?
Was ist denn
das plötzlich
für ein Ton?
Erkennst du
mich nicht?

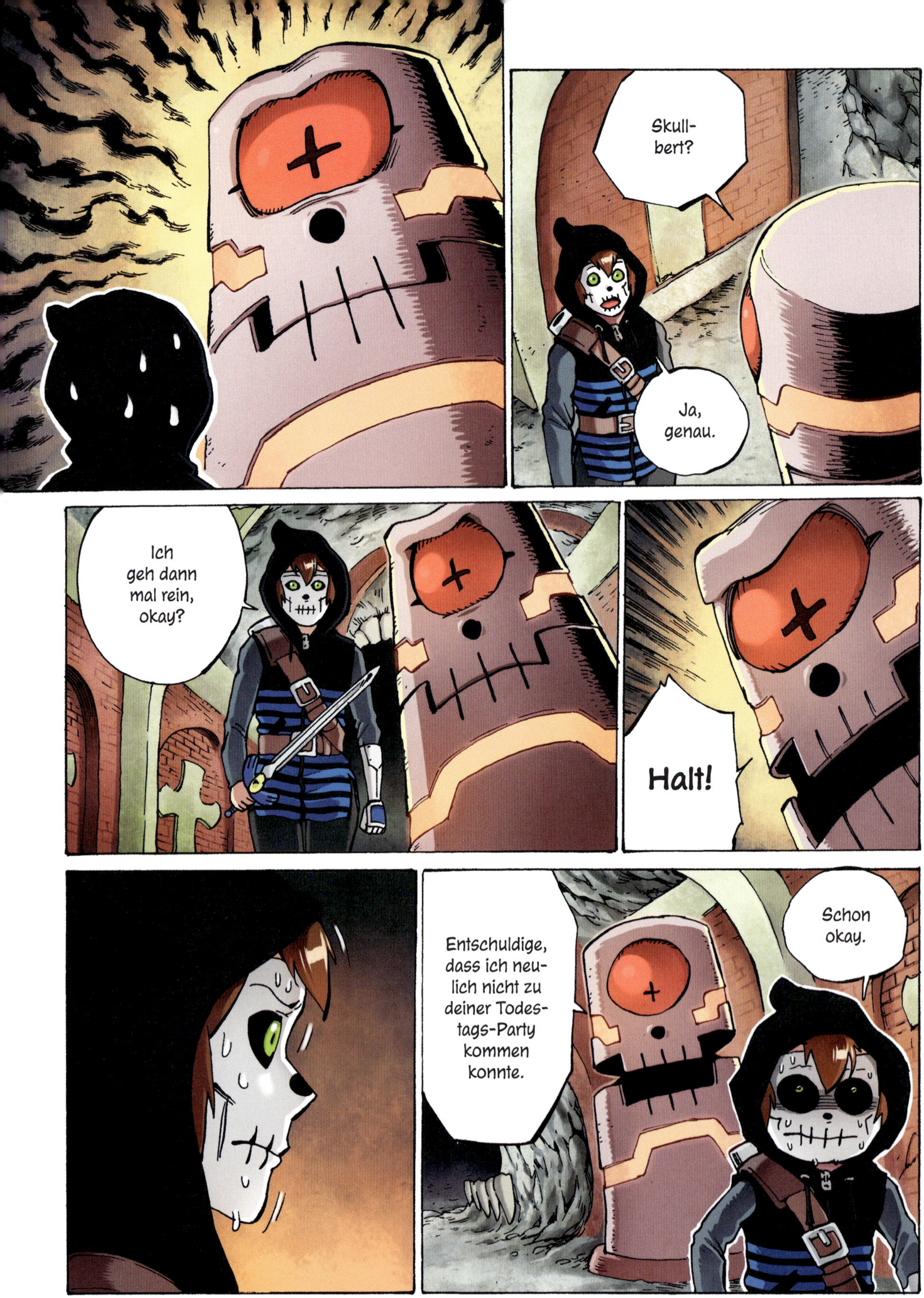
Skull-
bert?
Ja,
genau.
Ich
geh dann
mal rein,
okay?
Halt!
Entschuldige,
dass ich neu-
lich nicht zu
deiner Todes-
tags-Party
kommen
konnte.
Schon
okay.

Wow! Der Dungeon sieht extrem gefährlich aus. Der Boden ist sogar echte Lava ...
DO-DOM!!
Kollegen!
WOOSH!
Wer war das?
Skullbert?
Ich hab seine Todes-tags-Party voll verchecktt.

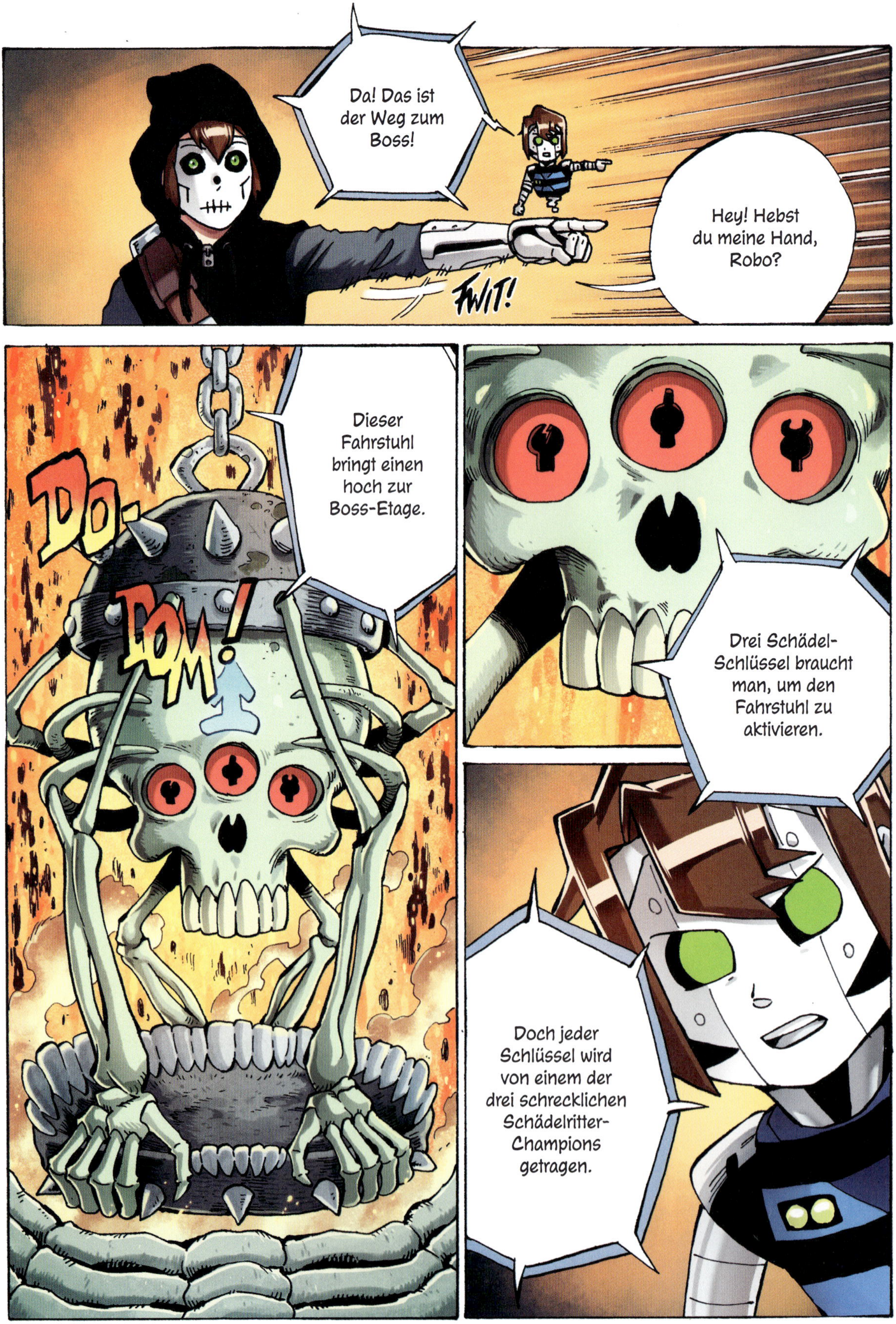
Da! Das ist der Weg zum Boss!
Hey! Hebst du meine Hand, Robo?
FWIT!
Dieser Fahrstuhl bringt einen hoch zur Boss-Etage.
DO-DOM!
Drei Schädel-Schlüssel braucht man, um den Fahrstuhl zu aktivieren.
Doch jeder Schlüssel wird von einem der drei schrecklichen Schädelritter-Champions getragen.

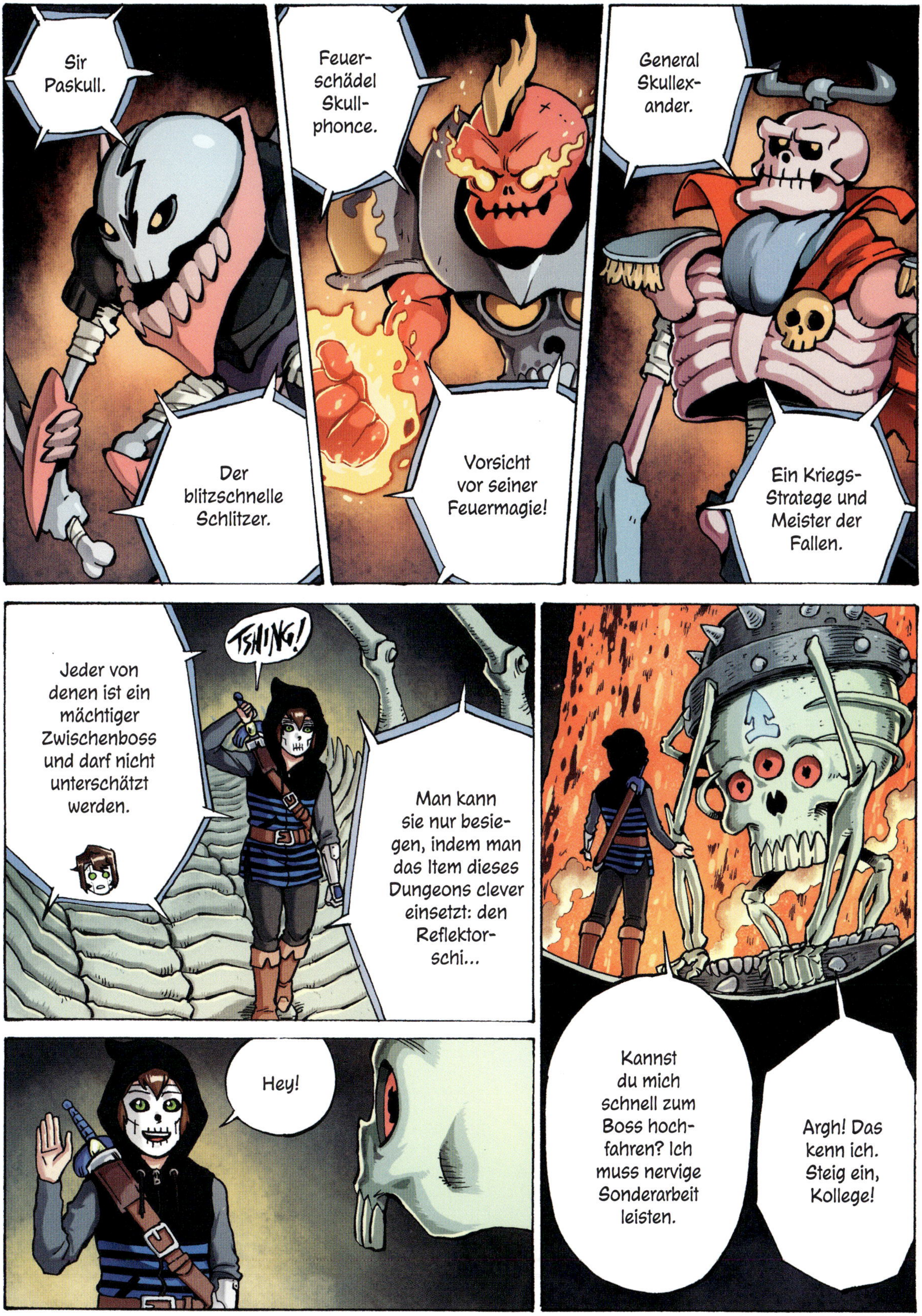
Sir Paskull.
Der blitzschnelle Schlitzer.
Feuer-schädel Skull-phonce.
Vorsicht vor seiner Feuermagie!
General Skullex-ander.
Ein Kriegs-Stratege und Meister der Fallen.
TSHING!
Jeder von denen ist ein mächtiger Zwischenboss und darf nicht unterschätzt werden.
Man kann sie nur besie-gen, indem man das Item dieses Dungeons clever einsetzt: den Reflektor-schi...
Hey!
Kannst du mich schnell zum Boss hoch-fahren? Ich muss nervige Sonderarbeit leisten.
Argh! Das kenn ich. Steig ein, Kollege!

KLIRR!
Ähm, Skull-bert? Sorry, dass ich deinen Todestag verpasst hab.
Schon gut.
Nächstes Jahr.
RA TATATA!!
Das gibt's doch nicht, dass dieser Quatsch klappt.
Ruhe jetzt.
Tag, Chef. Ich müsste mal an das Instrument.
Hmm.

Wie du meinst, Skullbert.
Du weißt, ich vertraue auf eure Eigen-initiative.
Ach, und nach der Gefangenen müsst ich auch schauen.
Ja, mach das.
So einfach.
Und Chef.
Ist nicht schlimm, dass du nicht bei meiner Todestags-Feier warst.
Halt!
Wie bitte?!
Willst du mich verarschen?!

Das war einer zu viel.
Warum sagst du, ich sei nicht da gewesen?
Was wär ich für ein Chef, wenn ich mir das hätte entgehen lassen?
Du und ich, wir hatten doch einen schönen Tag. So viel gelacht hab ich lange nicht!
Knochenmehl-schneiden. Friedhofs-kerzen auspusten. Mein Gedicht, das ich extra ...
Wie kannst du ...
Ach! War doch nur Spaß, Chef.
Der Tag war perfekt! Danke noch mal!
Okay, Skullbert. Entschuldige meine Dünn-häutigkeit.
Es ist nur ... dieser Auserwählte ...
Er müsste doch jeden Moment hier auftauchen. Wo bleibt er nur?
Immerhin haben wir eine Geisel, die er befreien will.

Oh, das sind die schlimmsten Helden! Lassen die Hauptquest links liegen und vertreiben sich tagelang die Zeit mit Sidequests.
KRK!
Das Instrument! Eine Schädeltrommel. Geschmacklos, aber na ja …
FWOO!!!
Ab ins Inventar!
Nicht auszudenken, was wäre, wenn der Auserwählte obsiegt …
Das wäre unser aller Untergang.

Pssst! Hey, Zylia.
Kick!
Ihr haltet mich nicht länger gefangen!
Skullbert?!

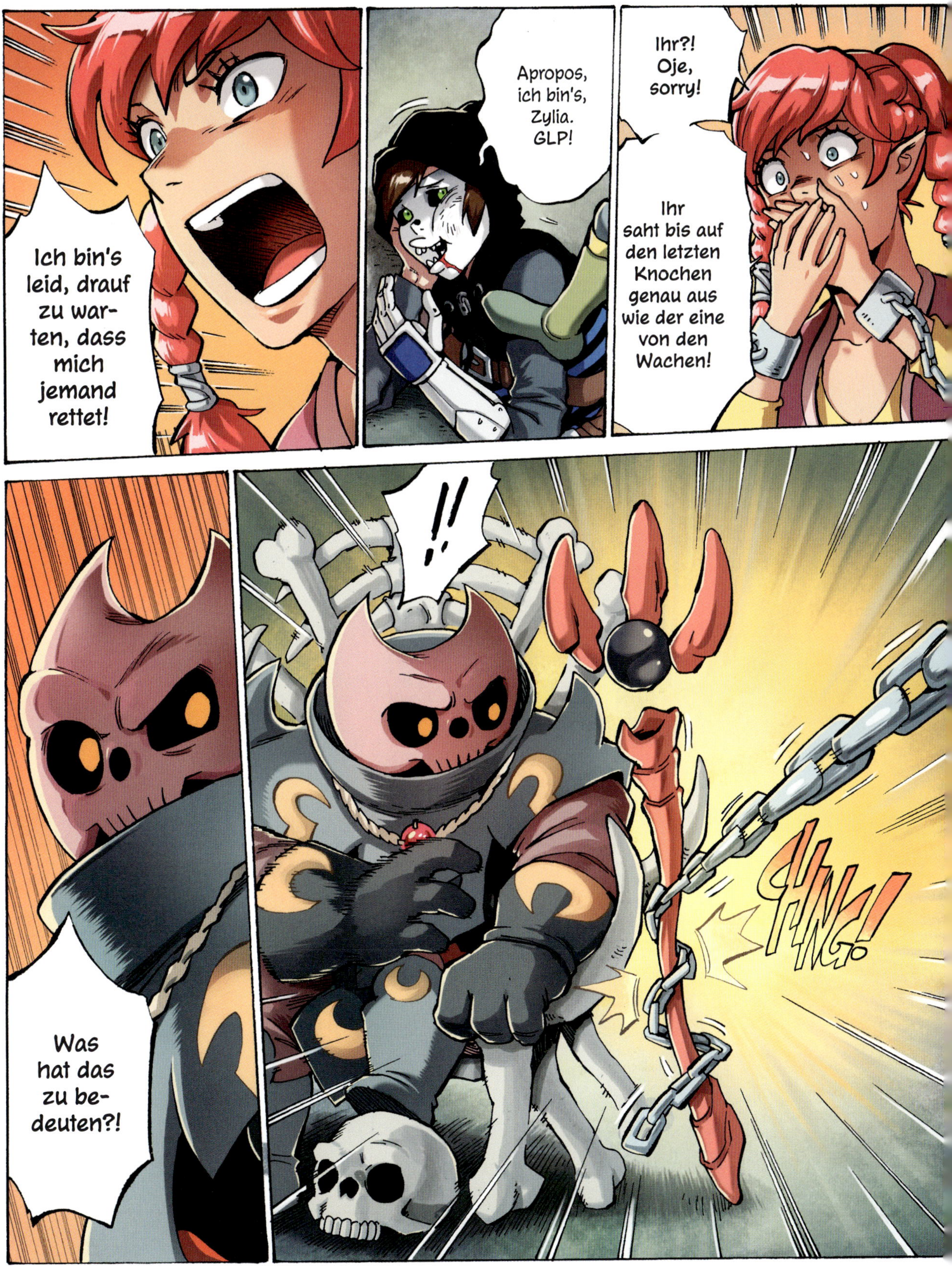
Ich bin's leid, drauf zu warten, dass mich jemand rettet!
Apropos, ich bin's, Zylia. GLP!
Ihr?! Oje, sorry!
Ihr saht bis auf den letzten Knochen genau aus wie der eine von den Wachen!
Was hat das zu bedeuten?!
!!
CHING!

FWOSH!
GRAB!
Und ich dachte, den Bosskampf könnt ich auch noch vermeiden!
Ein NPC entwaffnet den Boss?!
Das steht so nicht im Protokoll! Ich pack's auf die Liste.
Skull Storm!
FWAM!

FWT!
FWT!
Zylia!
Jetzt!
FWT!
FWT!
Ja!
ZAP!

Ver...
Sorry!
SWIFT!
...daaammt!!!
Bis auf die Entführungs-Nummer schienst du ein netter Chef zu sein.

Neue Lebens-energie!
Do-Dom!
Nimm du!
Was?
Ihr könnt das grad mehr gebrauchen.
FLASH
Ich bin voll erholt!
Na, dann kämpfen wir uns jetzt den Weg hier raus!
THWOO!!

KRK!
DA
DA
DAM!
SLICE!!
Woher kannst du das eigentlich so gut?
Das jahre-lange Gaming hat meine Reaktions-geschwindigkeit perfektioniert.

FWOOSH!
FWIT!
TOK!
KLONK!
DOOM!
Haltet ein, Fleisch-liche!

Das sind die drei schrecklichen Schädelritter-Champions!
Verdammt! Um die zu besiegen, braucht man irgend so 'nen Schild, den wir grad nicht ...
FWOMP!
FWOMP!
FWOMP!
Oder so.
Der Ausgang!
Äh ...

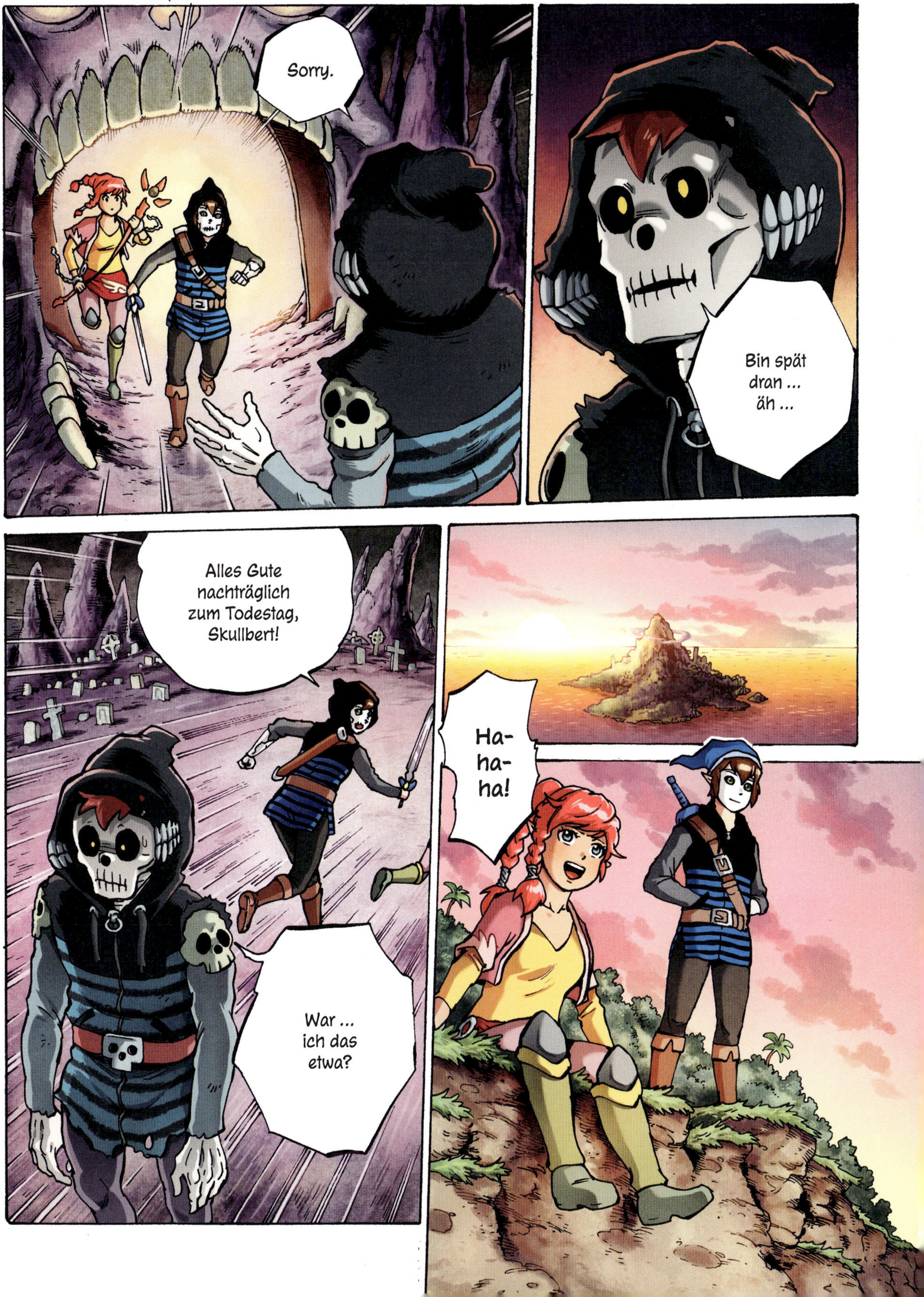
Sorry.
Bin spät dran … äh …
Alles Gute nachträglich zum Todestag, Skullbert!
War … ich das etwa?
Ha-ha-ha!

Ich versteh's jetzt.
Hm?
Euren Plan als Auserwählter für uns.
Hä?
Hab ich einen?
Ihr ermutigt uns zu mehr Selbstständig-keit.
Wir Dorfbewohner sollen selbst mit anpacken!
Deswegen hast du mich direkt nach deiner Ankunft das schwere Piano schleppen lassen.
Damit ich stark genug werde, selbst Ketten zu sprengen! Und zu kämpfen!
Genau ...
Deshalb.

Ein schönes Gefühl, endlich so frei zu sein.
Schade, dass das die Insel zerstören wird.
Bitte was?!
Das wollte ich Euch vor meiner jüngsten Entführung erzählen.
Irgendwas mit 'nem Fluch.
So nennen wir es …
… wenn wir uns überhaupt mal trauen, darüber zu tuscheln.
Jedes Wesen auf dieser Insel ist betroffen.

Nur der Auserwählte und seine Gefährten aus einer anderen Welt sind frei.
Sie sind nicht Teil des Traums.
Teil des Traums?
Es ist Euch schon aufgefallen.
Alle hier bewegen sich in Mustern.
Verdammt dazu, immer das Gleiche zu machen und zu sagen.
Ob man will oder nicht. Der ewige Kreislauf.
Die nennen es „Fluch"; ich bleib bei simpler Programmierung.
Und was passiert, wenn ihr gegen eure Programmierung handelt?
So wie du eben?

Man läuft Gefahr, den Ewigen Träumer unsanft zu wecken.
Und reißt man ihn so aus dem Schlaf ...
... zerstört er unsere Insel.
Wer?!
Was?!

Vor Äonen legte sich dieser Dämon hier nieder, um zu schlafen.
Die Insel bildete sich danach um ihn herum. Lebewesen ließen sich nieder. Ohne zu wissen, dass die Insel wie ein Ei ist, in dem das Böse schlummert.
Der Ewige Träumer in GLPs Vorstellung
Und alles, was auf der Insel passiert, wird zum Traum des Dämons. „Dream Island" ... das ist wortwörtlich zu verstehen.

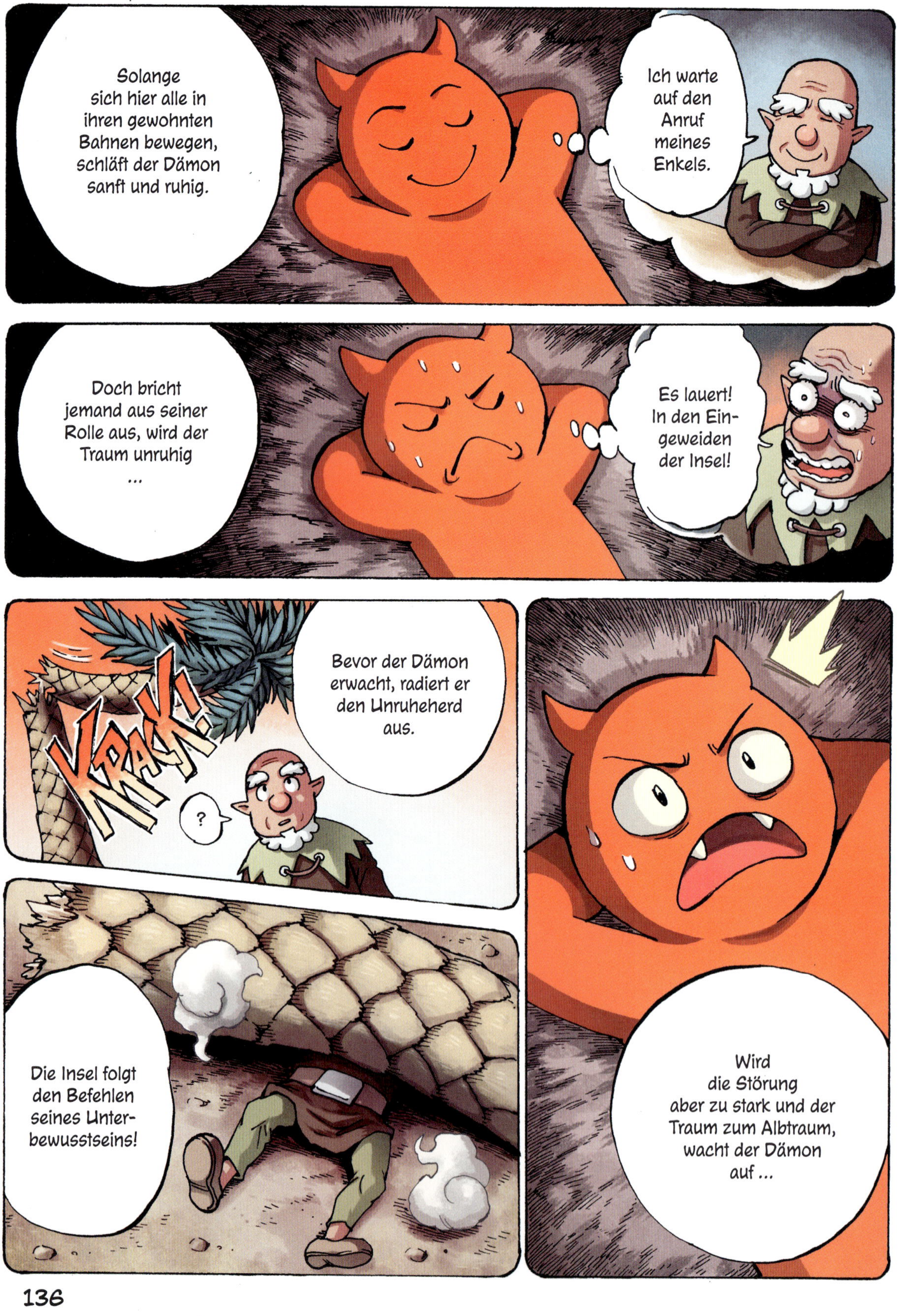

Solange sich hier alle in ihren gewohnten Bahnen bewegen, schläft der Dämon sanft und ruhig.
Ich warte auf den Anruf meines Enkels.
Doch bricht jemand aus seiner Rolle aus, wird der Traum unruhig …
Es lauert! In den Eingeweiden der Insel!
KRACK!
Bevor der Dämon erwacht, radiert er den Unruheherd aus.
?
Die Insel folgt den Befehlen seines Unterbewusstseins!
Wird die Störung aber zu stark und der Traum zum Albtraum, wacht der Dämon auf …

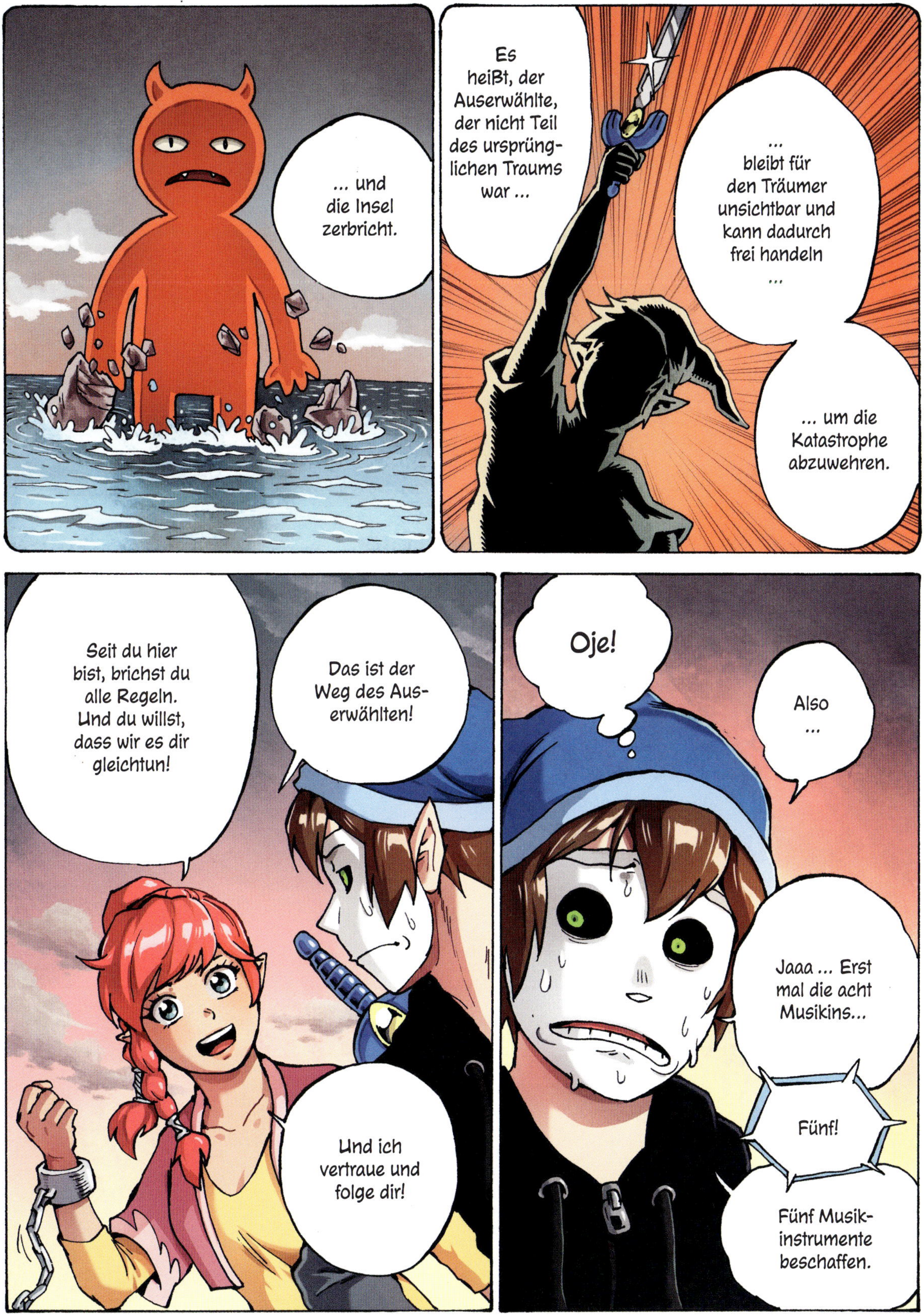
... und die Insel zerbricht.
Es heißt, der Auserwählte, der nicht Teil des ursprünglichen Traums war ...
... bleibt für den Träumer unsichtbar und kann dadurch frei handeln ...
... um die Katastrophe abzuwehren.
Seit du hier bist, brichst du alle Regeln. Und du willst, dass wir es dir gleichtun!
Das ist der Weg des Auserwählten!
Und ich vertraue und folge dir!
Oje!
Also ...
Jaaa ... Erst mal die acht Musikins...
Fünf!
Fünf Musikinstrumente beschaffen.

Die fünf magischen Instrumente, aber sicher! Ihre Symphonie würde den Dämon beruhigen und das prompte Zerfallen der Insel abwehren.
Zwei müssten noch ausstehen.
Wisst Ihr was?
Teilen wir uns auf!
Ihr besorgt eins, ich das andere!
WAS?!
Endlich kann ich mich an den Monstern rächen!
Ihr solltet nicht alles alleine machen müssen.
Ich übernehme einen der Dungeons!
Gern sogar!

CRUMBLE!
FLIP!
KRK!
TAP!
DO-DOM!
Da scheint jemandem nicht zu gefallen, dass du so aus der Reihe tanzt.
Okay, los geht's!
BUMP!
Normalerweise taucht Puffi auf und führt mich zufällig zum nächsten Dungeon ...
Ich kenn die Locations. Also pass au...

Oh.
TCHING!
Darf ich mir das mal leihen?
Wow! Das fühlt sich ... richtig an!
FWT!
FWT!
FWT!

Du kommst wirklich prima mit dem Schwert zurecht!
ZOON!
FWOOSH!
Ich leih mir dafür das Zauberstabteil.
BOOM! BOOM!
BOOM!
Kuscht euch!
Wow! Der Stab macht Laune! Total overpowert!
ZAM! ZAM!
Der ist auch nicht als nutzbares Item für den Helden gedacht!

Hier, dein Schwert.
Behalt's ruhig. Wir tauschen.
Echt?! Danke!
GROOLLL!!
DO-DOM!
Wir sollten uns beeilen; die Insel rumort und wird uns jetzt alle Monster auf den Hals hetzen.
Die zwei letzten Dungeons sind die Muschel-Lagune und die Folter-Fabrik. Welchen möchtest du?
Muschel-Lagune! Einer muss sich dafür ja opfern.
Alles Gute! Wir seh'n uns später im Dorf.
Ach, eine Sache noch.
Zoootte!!!!
Waaarte.

BAH!!
FWOOSH!
Ja, fein!
Hier eine Aufgabe für dich: Begleite Zylia und hilf ihr, Monster plattzumachen.
BAH!
SPLASH!
Noch ein Musikinstrument, das wir selber besorgen müssen, und wir sind durch!
Fast geschafft, Robo!

Ich glaub, meine Firewall leckt! Du hast einen NPC dazu gebracht ...
FWOOM!
FWOOM!
FWOOM!
... für dich einen Dungeon zu erledigen.
Mecker, mecker, mecker.
Negativ. Tatsächlich find ich das ... ganz cool.
CRUMBLE!
Aber blöd, dass dadurch die ganze Insel dabei ist auseinanderzubrechen.
Wir schlagen zwei Fliegen mit einer Klappe. Musikinstrumente holen, Klumpi wecken, Dämon beruhigen. Alle froh.
Easy peasy!

Dungeon 4: Muschel-Lagune.
Sieht doch schön aus!
Haaal-loooo!
Schade, dass man Puffi gar nicht mehr zu Gesicht bekommt. Ich wollt nicht gleich noch 'nen Kumpel verlieren.
Der kommt klar.
Ich warte auf den Anruf meines Opas!
Oh ... okay.

Ah! Du willst in die Muschel-Lagune!
Nimm mich mit!
Verdammt! Eine Escort-Mission! Ob ich noch mit Zylia tauschen kann?
Äh ... Ja, warum?
Ich bin der rechtmäßige Thronerbe der Lagunianer. Doch mein Thron wurde geraubt. Gemeinsam erobern wir ihn zurück.
Puh, so eine lächerliche 08/15-Story ...?
Worauf wartest du?
Äh ... Das ist ein Wassertümpel.

Hehe! Unterwasser-Dungeons – die liebt doch jedes Kind. Schwierige Koordination, der ständige Nervenkitzel des Ertrinkens – unbezahlbar!
Neiiiiin!!!
Keine Angst, Beinmann! Solange du mich huckepack nimmst, kannst du unter Wasser atmen.
Echt?
Uff. Na, hilft ja alles nichts.
SPLASH!!

ZOSH!
FWOOMP!
ZOSH!
CLICK!
HMPF!

HNG!
Der Wasser-spiegel sinkt.
Da hoch!
Lass mich raten: Ich muss dich auf meinem Rücken da hoch-bugsieren?
Jaaa ...
Das ist das schwere Los der Bein-menschen ...
BRZ!
Hö?
BRZ!
Der Cyber-Handschuh hat 'nen Kurzen.
BRZ!!
Robo? Noch da?

Dann wohl keine Tricks mehr für diesen Dungeon.
Hier muss ich mich regelkonform durchquälen. Hätte dir bestimmt gefallen, Robo.
Weiiiiter!
Jaaaaa.
Wow!
Ich hab ja schon von nassen Decken gehört, aber das Wasser schwebt ja tatsächlich!

SPLASH!
Das ist meine Leiter!
PLUBB!
SLOP!
ZAP!!

GLOBB

FWIU!!
5L
3L
↓4L

ZAP!
TAP!
Geschafft! Gute Arbeit, Bebeinter! Mit der goldenen Perle öffnen wir das Tor zum Thronsaal.
Bereit für die Konfrontation mit dem maritimen Usurpator?
Du meinst den Endboss? Klar!

TOK!
GA-DONK!
Puffi?!
BLUBB!
Töte den falschen König! Ich bin nur mal kurz weg, um mit Opa zu telefonieren, und schon ist mein Königreich weg!
Spinnst du? Das ist der liebe Puffi! Er hat nur zu viel gefressen.

Er sperrt mein Volk in der Schatzkammer ein! Böse!
Klassisches Kugelfisch-Missverständnis. Ich glaub, ich weiß, wie's ablief.
Puffi kam hierher ans Meer, um Löschwasser fürs brennende Dorf zu holen.
Dann fand er dieses tolle Muschel-Aquarium!
Fröhlich wie ein Fisch im Wasser tauchte er ab.
Doch dann: Oha! Monster griffen ihn an!
Aber weil Puffi immer Appetit hat, verspeiste er das üppige Seafood-Büfett.
Bis er zu dick wurde und hier stecken blieb.
Aha …
Ach, Puffi!
Da hilft nur eins! Ein abspeckendes Workout!
Hatte ich eh auf'm Plan.
FLATT
Flosse hoch, Flosse runter!

Was für'n Boss-kampf.
Aber es wirkt.
Bemerkens-werter Stoff-wechsel!
BORP!!
Ich nehm das mal mit, okay?
Ja, klar. Mein Volk ist wieder frei.
Nimm das als Beloh-nung.
Kommt zu eurem Prinzen, Lagunianer!
Aah! Wunderschöne Meerjung-menschen!

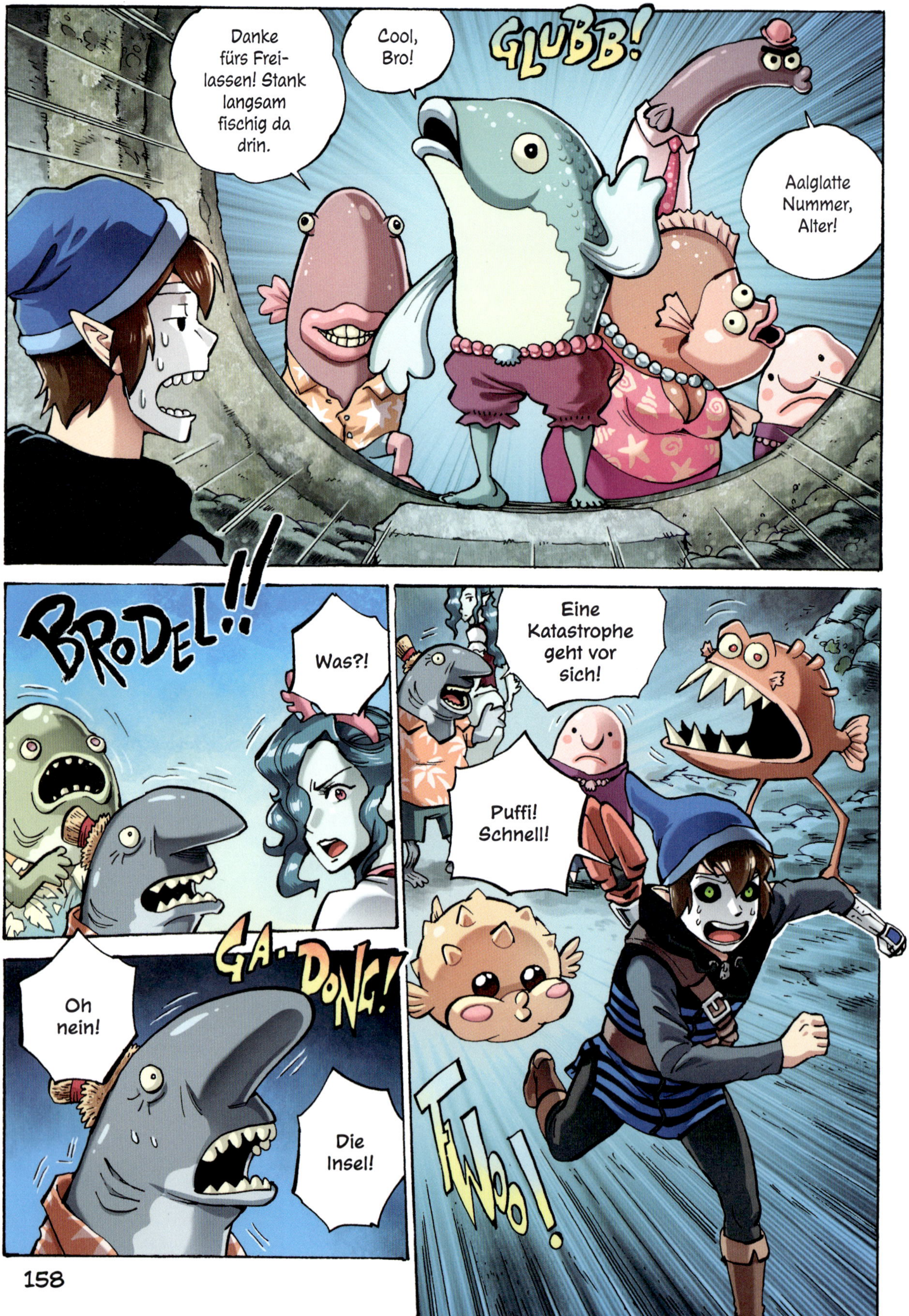

Danke fürs Freilassen! Stank langsam fischig da drin.
Cool, Bro!
GLUBB!
Aalglatte Nummer, Alter!
BRODEL!!
Was?!
Eine Katastrophe geht vor sich!
Puffi! Schnell!
Oh nein!
GA-DONG!
Die Insel!
FWOO!

Es beginnt!
DA-DOM!
CRUMBLE!
Auf zum Dorf!
Auserwählter!
CRUMBLE!!
Jaaaa, reicht langsam. Wo ist Zylia?
Wurde aber auch Zeit.
Ihr seht fertig aus. Wart ihr wenigstens erfolgreich mit eurem Dungeon?

Wir mussten den Kopf des Bosses mitnehmen.
DOM!
Er ist das letzte Musik-instrument.
Wow! Hässlicher Schrott-haufen!
Ist der irgendwie mit dir verwandt, Robo?
Hä?
BRZ!
Totaler Festplatten-Crash ... Was war denn los?
Mein Kopf glitcht.
Du hast ein bisschen Wasser ab-bekommen. Ojemine.
Ich bin wasserdicht! Nur der Handschuh nicht!
Naaa klar. Hol mal lieber die Instrumente aus dem Inventar. Wir sind durch.

Oh.
Ihr habt's echt hingekriegt?
TA
DAM!
Klaro.
CRA
SH!
Was habt Ihr ange-richtet?! Er wird aus dem Schlaf hoch-schrecken!

Er wird aufwachen, nicht wahr? Ihr habt ihn provoziert.
Er wird die ganze Insel mitreißen.
Dann lasst ihn uns schnell mit einem Lied beruhigen.
Ich kenn nur den Song, der mich hierherbrachte. Die „Symphonie des Träumers".
Versuchen wir den!
Und wer spielt die anderen vier Instrumente?
TA-DAM!!
Abgefahren!
Leute, ihr seid echt metal! Fehlt nur noch einer.

Na warte, Auserwählter! Wegen dir bebt die Insel!
WHOOSH!
Ich fordere dich erneut zum ...
Hö?
Perfekt! Und los geht's!
Ich will ja keinen Stress machen ...
... aber wir sollten den Song lieber beim ersten Versuch hinbekommen.
DODOOM!
GROOLL!!

Jedes Mal, wenn ich musiziere, geht die Welt unter!
WHAM!
PALIM!
Schlagzeug-Solo!
DOM!
DOM!
DOM!
DOM!
DOM!
Perfekt, Puffi!
VRUMM!
DODOM!

Komm schon! Nur noch ein paar Noten! Diesen Song ragequittest du nicht, Träumer!
JUMP!
FWOoo
♪
Uuuund!
DaM!

DOMP!
Vorbei.
Es hat geklappt!
Der Dämon ist beruhigt!
Hat es funktioniert? Ist Klumpi geschlüpft?
BRZ!
Äääh …
Berechne, berechne …
Negativ. Hier ist kein Klumpi-Ei.

W-w-waaaas?!
Ich hab das ganze Inventar durchsucht. Hier ist es nicht.
Seid Ihr bereit, Aus-erwählter?
Bereit? Für meine Heimreise? Nee, Klumpis Ei ist nicht hier.
Ich meine bereit für den letzten Kampf.
Gegen den Träumer.
FWT!
Was?
Nein, wir haben doch das Lied erfolgreich zu Ende gespielt. Der Dämon schläft.
KLIRR!

Nein, nein, er ist jetzt wach.
Wir haben doch das Lied des Erwachens gespielt.
Wir haben seine Rage besänftigt, damit er in Ruhe erwachen konnte. Ohne dabei alles zu zerstören.
Das war doch von Anfang an der Plan.
Wie mutig von Euch, Auserwählter!
Also, ich hätt mich das nie getraut.
Hä?!
Der Berg! Das Ei des Dämons. Es passiert.

GA-DONG!

Alles Gute, Auserwählter. Es heißt, der Träumer hasst den Auserwählten, der ihn weckt. Schätze, er will Euch jetzt töten.
STOMP!
WAS?!
WAAH!!
ZUUUUN!!
Scheiße, Scheiße, Scheiße!

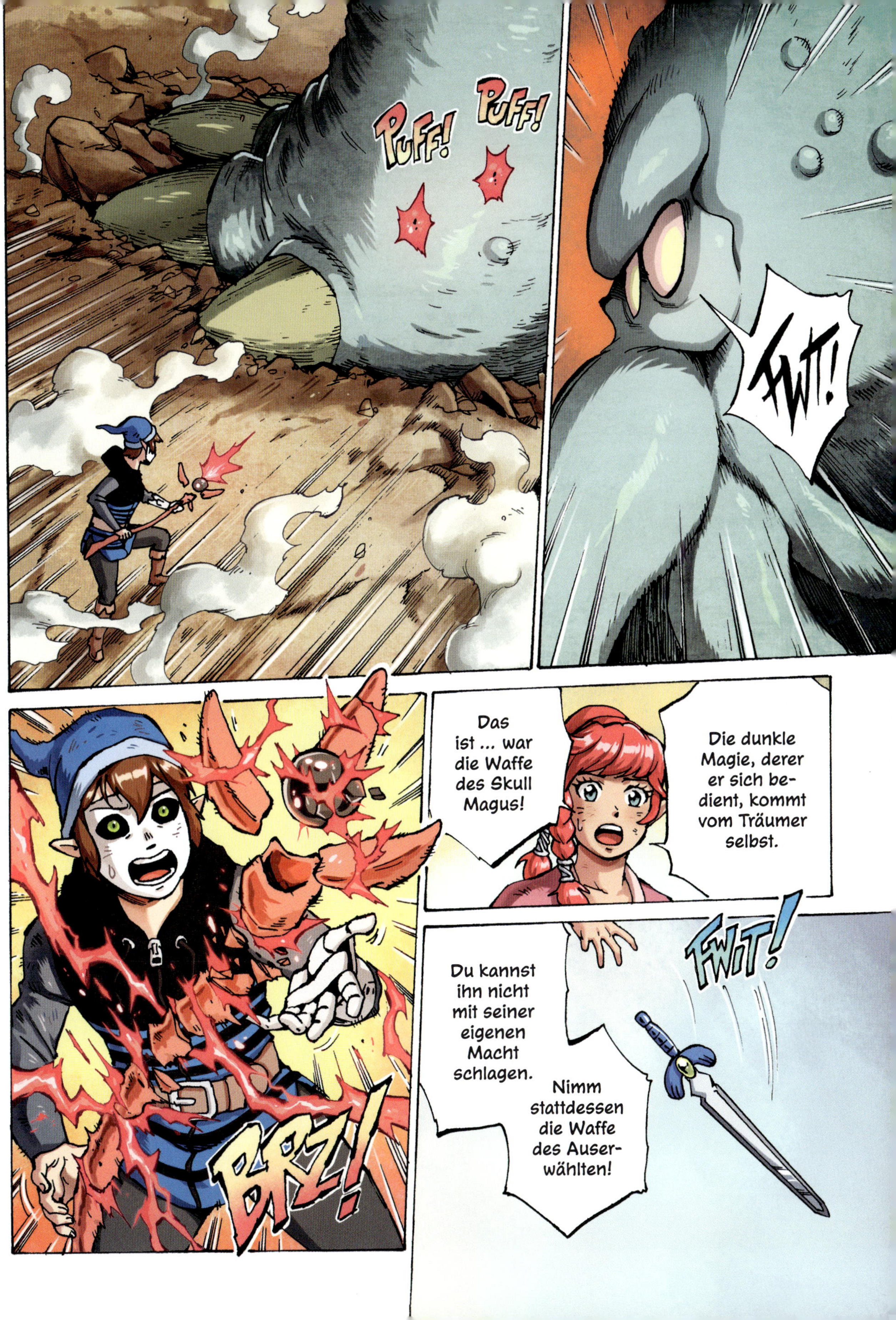

PUFF! PUFF!
FWIT!
Das ist ... war die Waffe des Skull Magus!
Die dunkle Magie, derer er sich bedient, kommt vom Träumer selbst.
BRZ!
FWIT!
Du kannst ihn nicht mit seiner eigenen Macht schlagen.
Nimm stattdessen die Waffe des Auserwählten!

Vorsicht!
TSHOK
Oje, dem Kampf kann ich wohl nicht entkommen.
Nimm das!
ZACK!
ZACK!
ZACK!
ZACK!
...

Das bringt gar nichts!
KICK!
WHAM!
TOK!
Auu! Verdammt!
BEEP!
BEEP!

Du hast kaum noch Energie. Noch so ein Treffer und es heißt: Game Over!
Schwach- stelle ...
Ich muss die Schwach- stelle treffen.
FWOOOO!!
Die Augen! Der Klassiker unter den Schwach- stellen! Ich muss da hoch!
Hättest du mal die Items aus den Dungeons eingesammelt. Dann kämst du jetzt ran.
Puffi!

SMASH!!!
SWIT!
Weiter ausweichen!
FWOOSH!
FWOO!
Wow! Unkonven-tionell!
So ist unser Held!
Wow!

Waaah! Hoglins!
Alles gut, wir wollen dieses Mal niemanden entführen oder vermöbeln.
Aber apropos vermöbeln: Eure nette Entschuldigungsgeste ist bei uns angekommen.
Friede!
Äh? Geste?
Eure schönen Möbel! Danke!
Ja! Ihr habt uns ganz viele Möbel, Krüge und sogar Äpfel in unser Verlies gebracht! So schön! Wenn auch etwas kaputt durch unsere Stacheldecke. Aber der Gedanke zählt.
Und dann noch dieses schmackhaft aussehende Ei!
Leider war das anscheinend schon schlecht und vorhin kam da was raus …
TA-DA!!!

Danke fürs Mitnehmen, Freunde.
Aaah! Dann bist du dieser Klumpi!
Ich hab lange geschlafen, doch dann erreichte mich eine Melodie.
Als ich schlüpfte, waren diese netten Schweine-leute um mich herum.
Da!
Doch ich suche eigentlich meinen Kumpel. Er heißt German-LetsPlay.
WAS?! Anschei-nend hab ich was verpasst!

Das geht ins Auge!
FWOO
XSH
OK!
Wow!
HOP!
Klumpi?!
Er hat's geschafft!

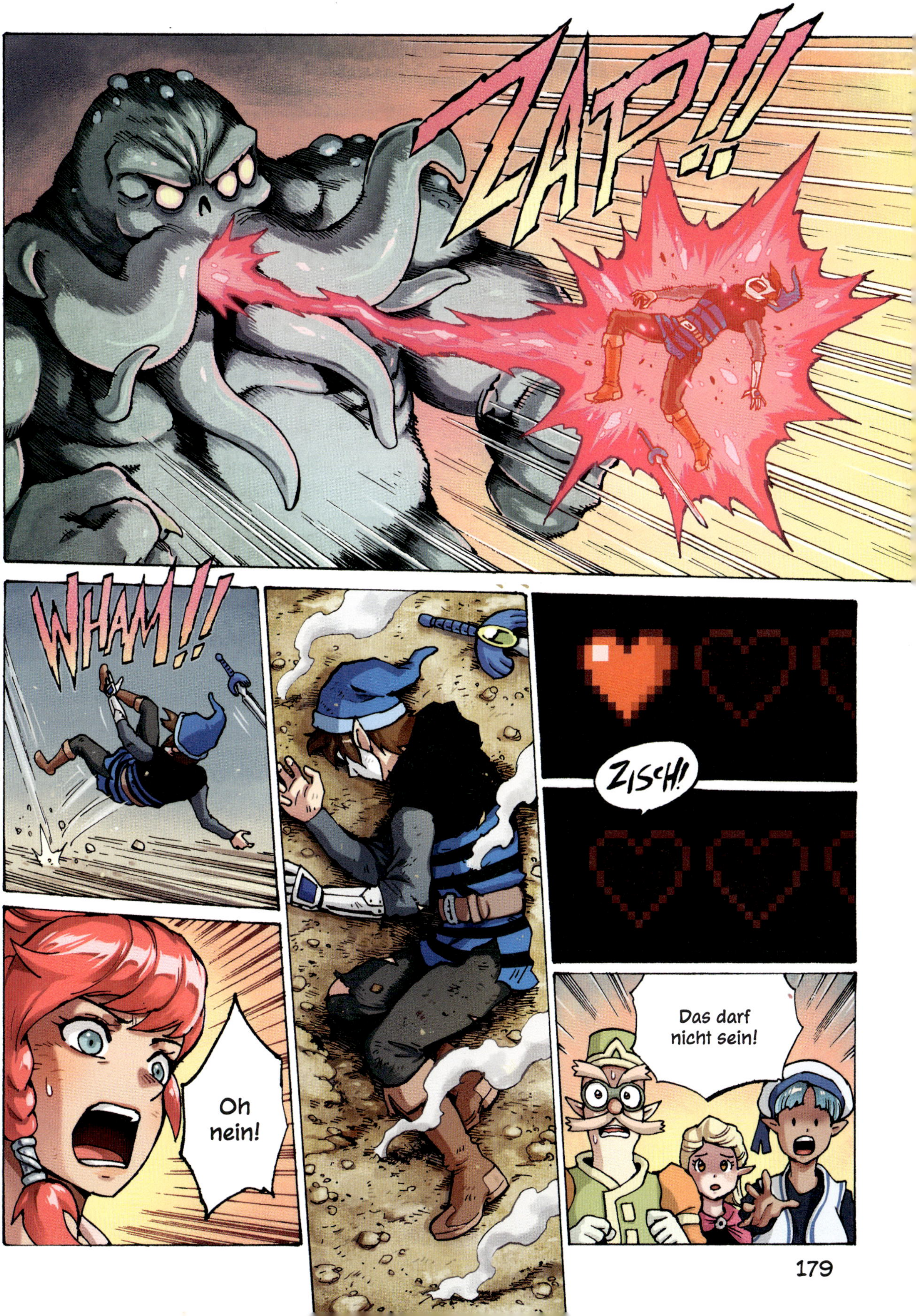
ZAP!!
WHAM!!
ZISCH!
Oh nein!
Das darf nicht sein!

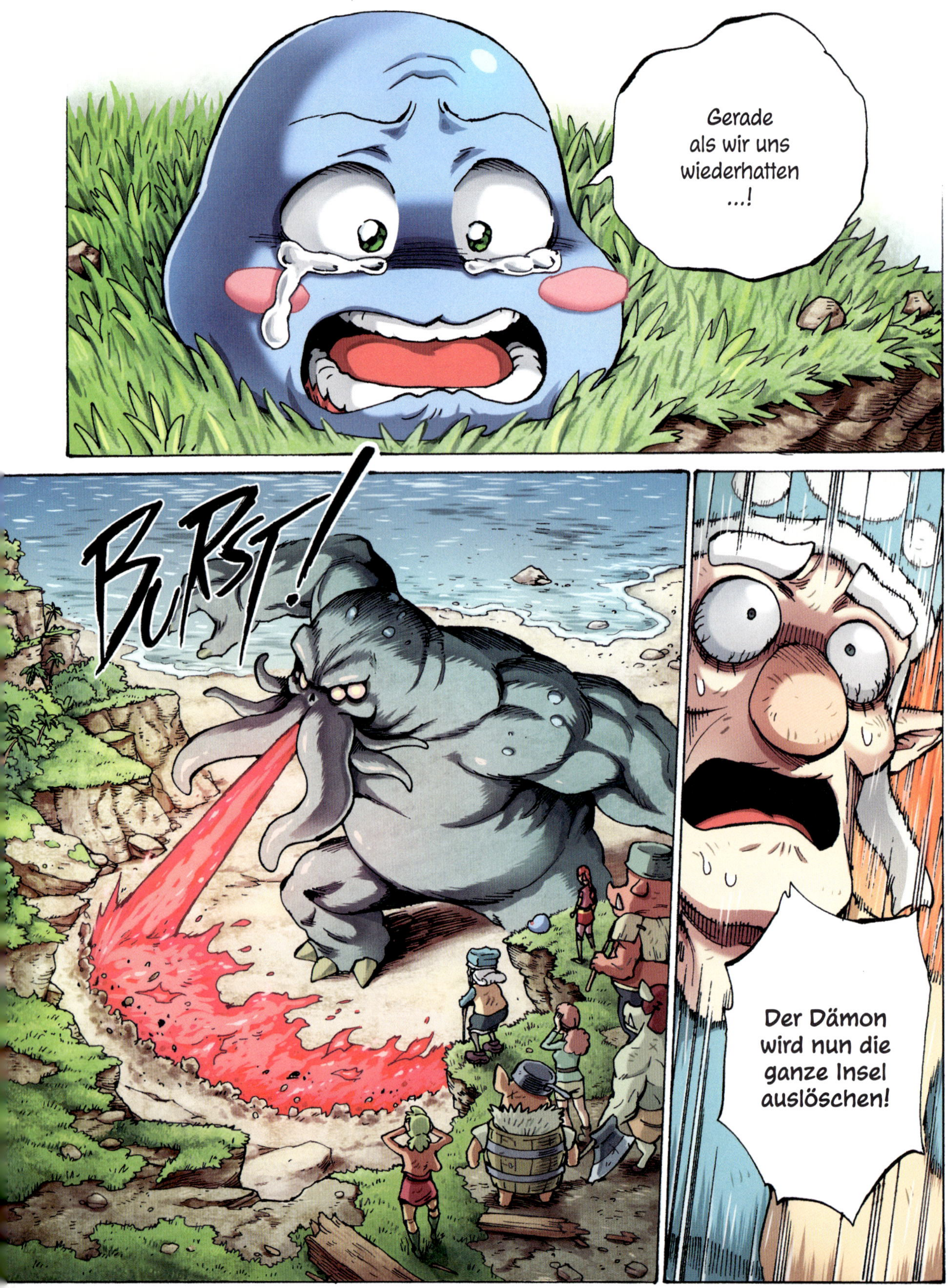
Gerade als wir uns wiederhatten ...!
BURST!
Der Dämon wird nun die ganze Insel auslöschen!

Ohne den Auserwählten ...
CRUMBLE!!
... haben wir keinen mehr ...
... der uns beschützt!
ZUCK
KCH! KCH!

Ich fass es nicht!
Endlich gehört der Körper mir!
Manus Geist ist erloschen ...
Ich bin frei.
Ein halbes Herz ...
So wie du gespielt hast, bist du selber schuld ...
CLOK!
Und jetzt ...

FWOOSH!
... werd ich genauso bescheuert handeln!
Robo-GLP?! Was ist denn mit dem passiert?!
Er will uns retten.
Und wir alle helfen ihm!
Genau! Wir haben lang genug drauf gehofft, dass uns ein Auserwählter rettet!
Zeit, selbst zurückzuschlagen!

FWOMP!
BASH!
FWOMP!
ZUN!
ZAP!
BA!
Guter Wurf, Zottel!
GACK!*
* Brüder und Schwestern! Was einem Huhn angetan wurde, sollen Tausende Hühner vergelten! Rachääää!!!

GACK!
GACK!
POK POK POK!
GACK!
GACK!
FLATT!
FLATT!

SWOOSH!!!
GROOOAAA!!!
GACK!
GACK!
ZZIN!

PLIFF!
FWOOM!
FWOM!
Klumpi, du hast mich gerettet.
Leider ging das nur ein Mal. So kurz nach dem Schlüpfen hab ich keine Energie.
Gebt mir das mal!

An alle Bewohner der Insel! Ihr müsst dieses Mal alle aus eurem Trott ausbrechen und es damit beenden!
Wovor fürchtet ihr euch noch?!
Sie hat recht!
Ich bin bereit! Der Auserwählte schickte mich in den gefährlichen Morchelwald zum Pilzesammeln.
Die Monster und die unbarmherzige Natur stählten meinen Körper und meinen Willen!
Und ich hab hier einen Bottich Schleim!
Lasst uns diese zwei letzten Augen ausstechen!
Aaaah!!!

BASH!
TOK!
WHAM!
BASH!
Haltet ihn fest!
HAM!
SHLOB!

Hm!
Es reicht nicht!
Lagunianer! Arretiert den Koloss!
Ringt ihn nieder mit der Wucht des Ozeans!
SPLASH!!
Jawoll! Immer druff!

GROOAAA!!
TWIT!
Achtung! Seine Faust!
Pobbits!
MIIP!
MIIP!
MIIP!
Verdient euch eure Möhren!

Diese Insel lässt sich nicht mehr von dir terrorisieren.
Miip!
Miip!
Miip!
HAYAA!!
FWIT!
FWOOO!
TSHOK!

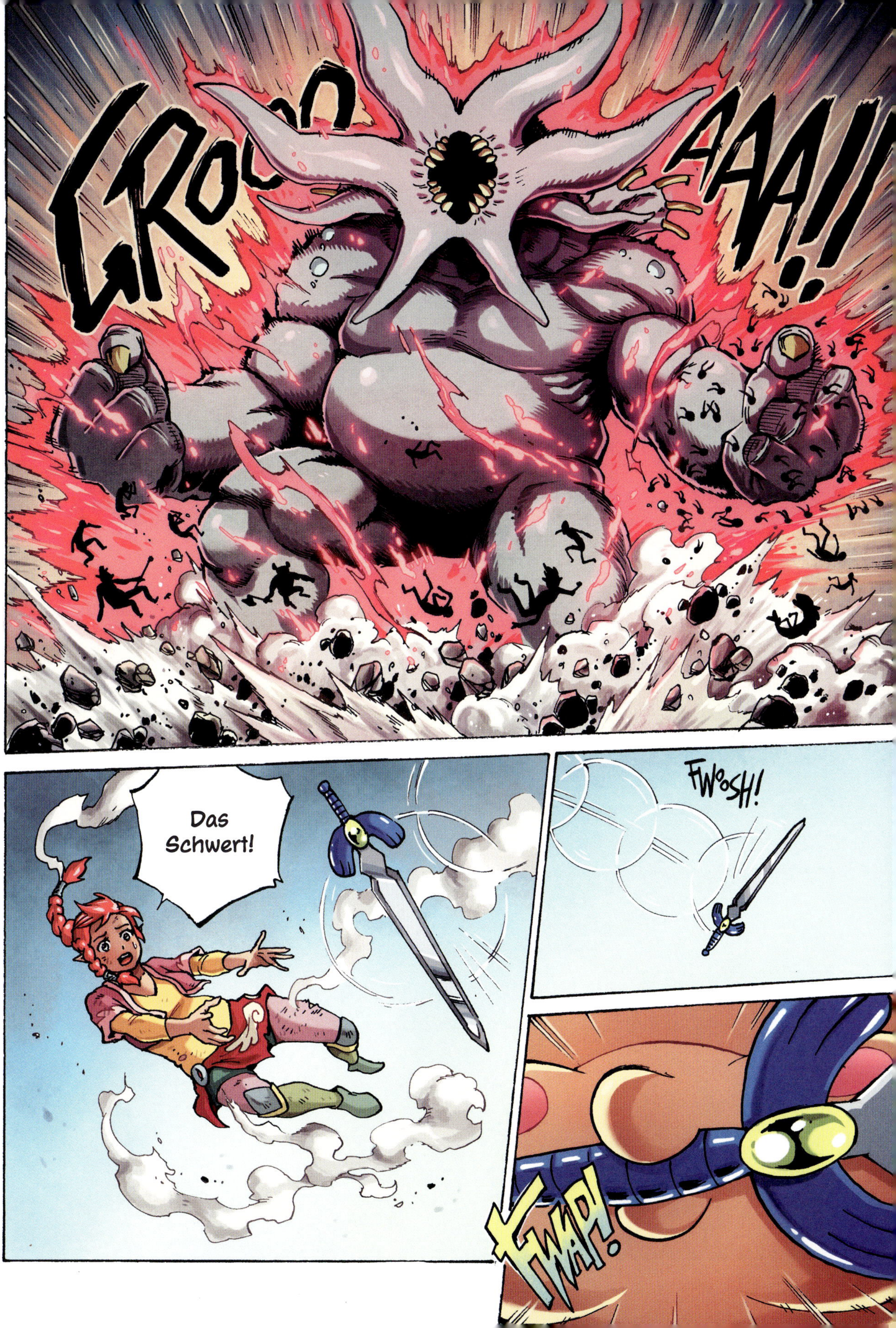
GROOOOAAA!!
Das Schwert!
FWOSH!
FWAP!

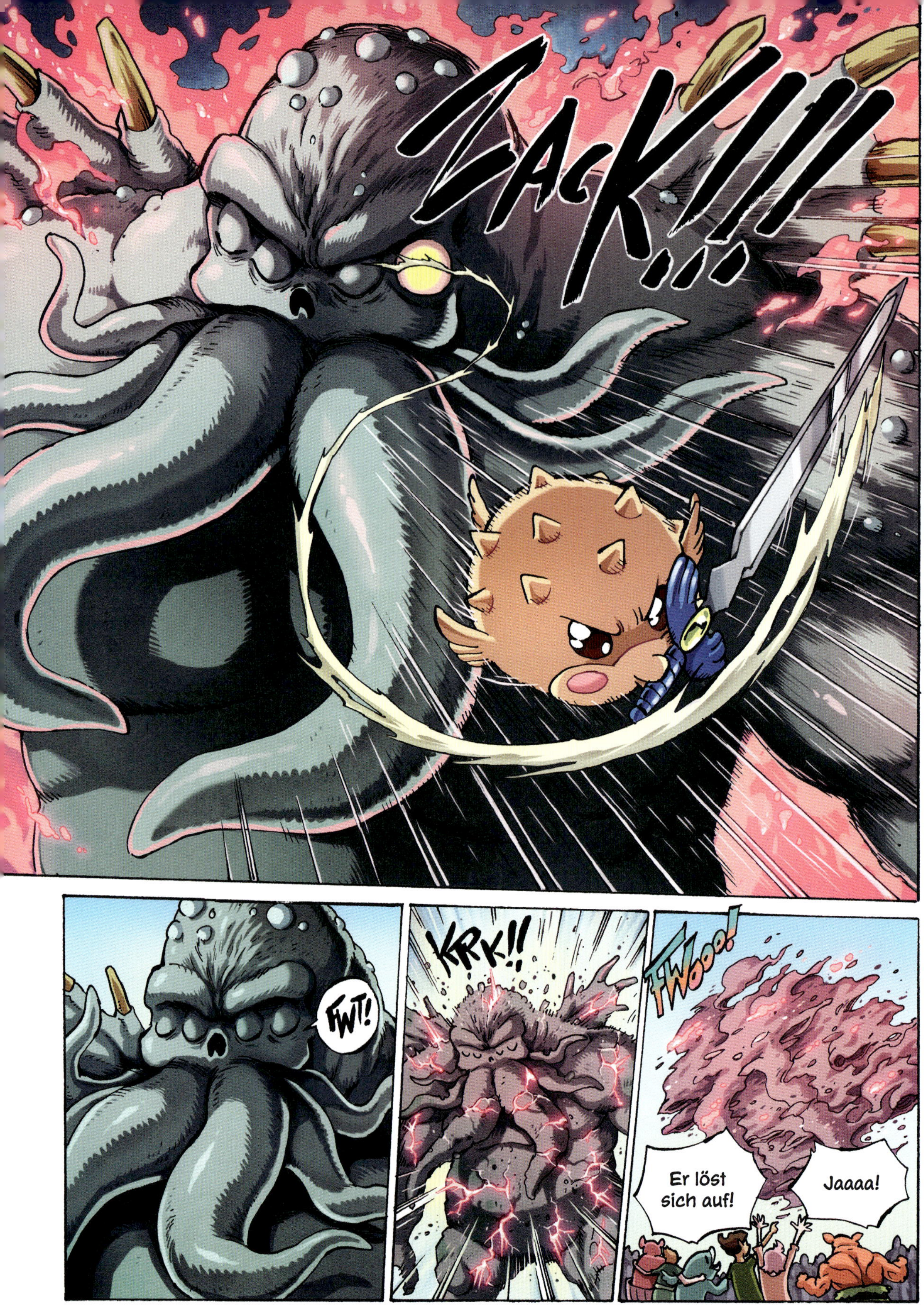
ZACK!!!
FWT!
KRK!!
FWOOO!
Er löst sich auf!
Jaaaa!

Da-das war ... ganz sicher nicht nach den Regeln ...
Haha! Scheiß drauf!
Juhu!
Er lebe hoch!
Auser-wählter Puffi!
Jaaa!
Juchhu!

Tut mir ... irgendwie leid.
Er wollte dich so sehr wiedersehen.
Schätze, er war zwar ein Idiot, aber irgendwie auch ...
Wenn ich könnte, würd ich ihm ja die Hälfte von meinem Herzen abgeben.
!
Ja! Warum nicht?!
Ein paar dubiose Erklärungen später.
Und dafür musst du mich fressen?!
Klaro!
Tut auch nicht weh!
Denk ich ...

Am Ende unseres letzten Abenteuers hab ich euch beide in denselben Körper geladen. Ich denke, dass ich jetzt eure Codes wieder trennen könnte – aufgeteilt in zwei separate Körper.
Ist zwar eine komische Vorstellung, dich frei rumrennen zu lassen, aber du wirkst verändert. Die Weltenzerstörer-Vibes sind weg.
Ja, vielleicht hab ich einen Virus, aber irgendwie scheint mein Betriebssystem geupdatet …
Ich fress dich jetzt lieber, bevor du noch mehr EDV-Floskeln raushaust.
Ist gut.

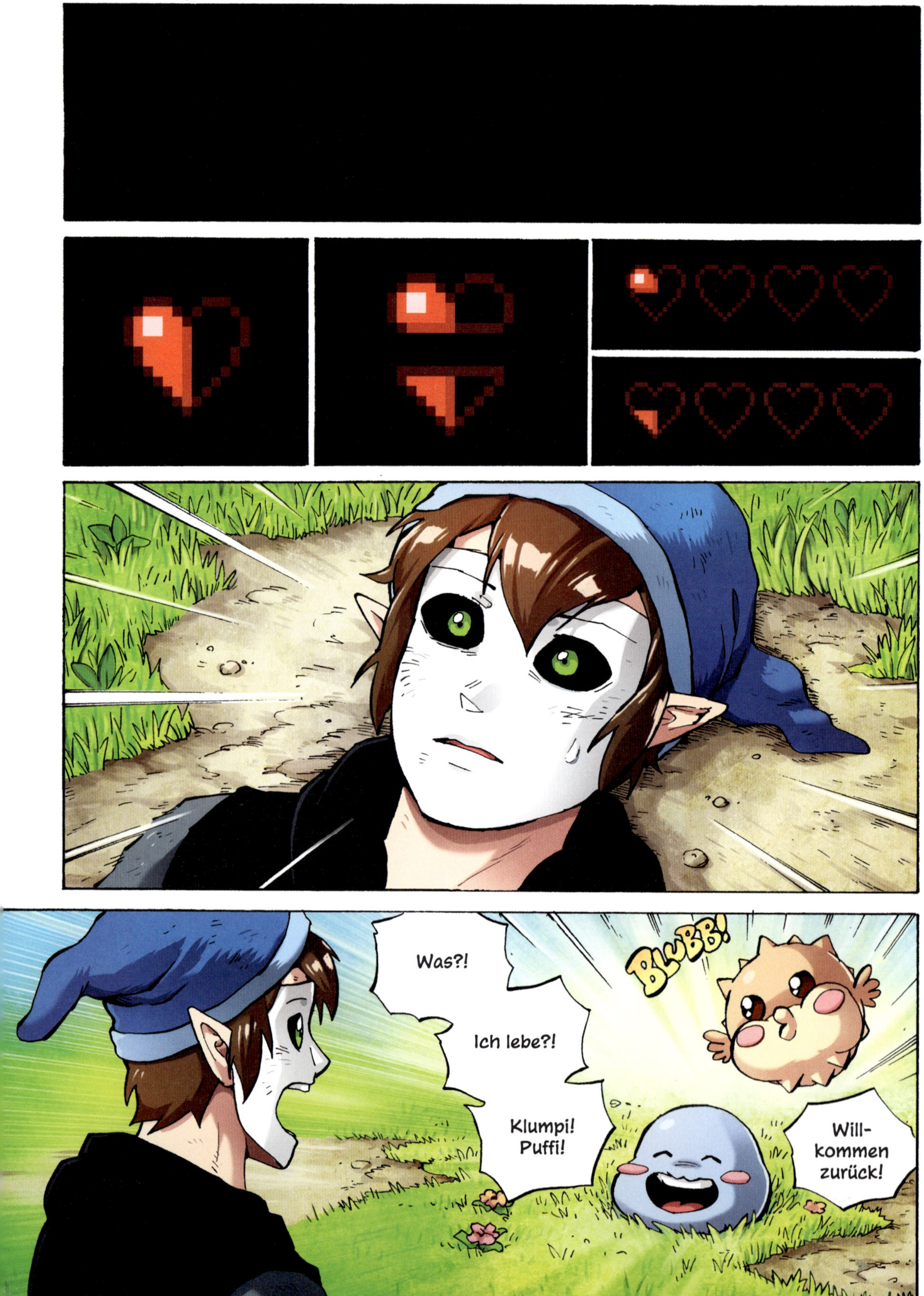
Was?!
Ich lebe?!
Klumpi! Puffi!
BLUBB!
Willkommen zurück!

YEAH!
HURRA!!
Ich glaub's nicht!
Da isser wieder!
BAH!!
Wem hab ich dieses zweite Leben zu verdanken?
Klumpi? Dir, oder?
Mir, aber auch Robo-GLP.
Robo?! Wo ist er?!

Nachdem er heldenhaft für uns gekämpft hat und sein halbes Leben für dich gab, brach er zu neuen Abenteuern auf.
Er wird nicht in die reale Welt zurückkehren. Hier gibt es noch so viele Inseln zu erkunden und zu retten.

Bin den Parasiten also endlich los ...
Hätte ihm gern noch Tschüss gesagt.
Apropos Abschiede.
Auserwä... ich meine GLP, das Piano ist repariert.
Das Schwert behalt ich aber!

Macht's gut! Hat Spaß gemacht.
SHWOO!
FWOOO!
ZSH!

ENDE

Happy
Deathda

DREAM ISLAND
BERG ALBTRAUMGIPFEL
1 LEUCHTTURM
2 DORF TRAUMHAUSEN
3 POBBIT-HOCHEBENEN
4 NEBELHAIN MIT SCHREIN DES GEFÄHRTEN
5 HOGLIN-HOCHEBENEN
6 HOGLIN-FORST MIT HOGLIN-VERLIES
QUELL-PALAST DES KARPFEN-KAISERS
SPIRAL-FESTUNG
HÖHENHÖHLEN MIT FOLTER-FABRIK
OSTBUCHT MIT MUSCHEL-LAGUNE
UNTERWASSER-RUINEN VON LAGUNIA
VILLA DES KARPFEN-EREMITEN
MONDBUCHT
WESTBUCHT
7 BÖSBASALT-FELSEN MIT SCHÄDEL-SCHREIN
8 DÄMMER-DICKICHT MIT WURM-GROTTE
9 MORCHELWALD

Über die Autoren:

GermanLetsPlay ist einer der erfolgreichsten deutschen Gaming-YouTuber. Sein YouTube-Kanal existiert seit 2010 und hat über 3,7 Mio. Abonnent*innen.
Paluten und er sind gute Freunde und 2022 starteten die beiden einen gemeinsamen Podcast mit dem Namen „Kottbruder".
GermanLetsPlays Markenzeichen sind die weiße Maske und der blau-schwarz gestreifte Pullover. Puffi und Klumpi sind seine Maskottchen, die ihn auf seinen Abenteuern begleiten.

David Füleki ist ein verrückter Medienwissenschaftler aus dem Erzgebirge und veröffentlicht seit 2001 Mangas und andere Comics. Nach seinem Debüt als Schüler in der Kult-Anthologie BANZAI! veröffentlichte er über 1000 Werke. Darunter preisgekrönte Serien wie das zotige, rabenschwarzhumorige „78 Tage auf der Straße des Hasses", die heftigen Hardcore-Abenteuer von Menschenhasser-Erpel „Entoman", aber auch klassische Fantasy-Action wie „Demon Mind Game" oder „Rise of the Reborn". Über all seine Projekte quatscht er auch wöchentlich im „Nerd Ship Podcast".
An den GermanLetsPlay-Comics werkelt er gemeinsam mit seiner Frau Susan Burdack, die z.B. beim Kolorieren und Setzen der Texte hilft. Sowohl während der Arbeit an Band 1 als auch Band 2 bekamen die beiden je ein Baby – Vincent und Vivienne. Sollten noch mehr dieser Bücher entstehen, wäre wohl eine größere Wohnung fällig für den zu erwartenden weiteren Nachwuchs ...

Klimaneutral
Druckprodukt
ClimatePartner.com/20273-2305-1010

FSC
www.fsc.org
MIX
Papier | Fördert gute Waldnutzung
FSC® C109273

GermanLetsPlay und der Traum des Dämons
Originalausgabe

1. Auflage

Weyerstraße 88-90
50676 Köln

Geschichte und Texte: GermanLetsPlay, David Füleki
Umschlaggestaltung und Illustration: © David Füleki
Zeichnungen: David Füleki
Koloration: David Füleki mit Kolorations-Assistenz von Susan Burdack und Natalia Schiller
Layout & Satz: Susan Burdack
Projektleitung: Jana Bärenwaldt
Redaktion: Katharina Altreuther

Gesetzt aus der CC Face Front von © Comicraft, www.youworkforthem.com.

Gesamtherstellung: Community Editions GmbH

ISBN 978-3-96096-993-8

Printed in Poland

www.community-editions.de